Virī Illūstrēs

C. F. L'Homond *scrīpsit*

Robert Arrowsmith *et* Charles Knapp *ēdidērunt*

Garrett Dome *et* Zachary Sowerby *recēnsuērunt*

Omnibus imperātōribus bonīs

INDEX CAPITULŌRUM

PRAEFĀTIŌ NOVAE ĒDITIŌNIS

Students imagine a herculean man, poised for battle, bearing a sharp sword and shield engraved with a golden eagle. They picture a massive field where soldiers thrash and dash against one another while spears pierce the air. Students easily envision Roman brutality, but they fail to grasp that the herculean man is not whom the Romans considered the most virtuous. Through the political and social triumphs of exemplary men, *Virī Illūstrēs* explores classical values: Brutus' love of liberty, Decius' piety, the stoicism of Torquatus, and even the ambition of Caesar.

The original work was compiled by a Professor of the University of Paris, Charles François L'Homond (1727-1794) as an introductory text for his students. In 1896, Robert Arrowsmith and Charles Knapp edited this compilation and published a new edition with notes and translation exercises through the American Book Company with the title *Selections from Viri Romae*. Their edition has long been out of print, and physical copies of the book are scarce. This edition makes the beloved text accessible to a new audience.

Virī Illūstrēs has been styled as a Latin reader rather than a traditional textbook. While the notes provided by Robert Arrowsmith and Charles Knapp are helpful, we have opted to remove them. This edition is intended as a reader for content-based instruction which follows the natural approach. After reading *Virī Illūstrēs*, students will be able to read Eutropius and Livy with minimal assistance, a considerable achievement.

Magnā cum Cūrā,

> — *Garrett Dome and Zachary Sowerby*
> *2023*

PRAEFĀTIŌ

Upon the reviving perception of the true scope of Latin teaching has followed a return to some of the methods of former times, which, with all their faults, were yet imbued with the true spirit of the Classics. Since for many years the study of Latin lay in bondage to the spirit which regarded the language merely as a corpus vile for grammatical dissection, and ignored the rich literature lying beyond the classical trinity of authors, it is not surprising that it fell into disfavor as unsuited to the requirements of the times. The revival upon which the study has now entered is due largely to a recognition of the fact that mental culture rather than mere mental training is its true aim, and that, with this aim kept steadily in view, the study of Latin is not a barren waste of time and energy, but a most potent agency in securing that broad and sympathetic culture which must ever remain the mark of the educated man. The results of classical study most valuable to the character are surely not to be found in the ability, usually lost after a few years, to recite paradigms faultlessly, to give the principal parts of verbs, and to enumerate the various kinds of cum-constructions and the subdivisions of the ablative. Of far greater worth are the mental breadth and sympathy, the weakening of prejudice and Philistinism, and the increased power of entering into higher forms of enjoyment which must inevitably flow from the study of the life of a great people as revealed in its literature and art.

This conception of the sphere of Latin study has brought with it some modifications of the initial steps and a return to some of the texts in use fifty years since. In the traditional sequence of authors, and particularly in the selection of a purely military work as the means by which to introduce the student to the language, the entrance into the fields of Latin literature has frequently been made so distasteful as to destroy the desire for further exploration. More attractive paths, however, are opening to the beginner; and of these the Viri Romae offers in a notable degree material of real interest to the young, and, from the very outset, gives a foretaste of the contents of the literature.

The history of this work is of interest, as showing an early recognition of the correctness of the standpoint to which we are now returning. It was compiled by a Professor of the University of Paris, Charles François Lhomond, who lived from 1727 to 1794, and enjoyed an enviable reputation as a successful teacher, especially of younger pupils. His experience taught him the need of an introductory text combining interest of story with simplicity of style. The best proof of the excellence of his work is the fact that it has ever since remained a favorite with teachers of Latin. The material is taken from the works of various authors, chiefly Livy and Eutropius, but was simplified by Lhomond in vocabulary and construction wherever necessary to fit it to the requirements of beginners. As its title indicates, it deals with the early stories of Rome, so fascinating in any dress to the young, and it is therefore eminently fitted to arouse a desire for further reading...

...Although the compiler of the *Viri Romae* greatly simplified the language of his authorities, there yet remain in the early part of the book many constructions which the beginner is not fitted to discuss. It is strongly recommended, therefore, that the treatment of the more difficult and complex of these constructions be postponed to a later period. At the outset the attention of the pupil should be centered upon matters of primary importance and upon the simplest and most common usages, such as the form of the sentence, the relation of its parts to one another, the significance of terminations, and the modes of expressing the constantly recurring relations of time, place, cause, means, purpose, and result. Even these should be treated as simply as possible and with constant regard to English usage. It is the experience of many teachers that reference to a Latin grammar to explain a construction possessed by English as well as by Latin frequently creates a difficulty where the student, if left to his own devices, would have experienced none...

...All vowels known to be long have been carefully marked. The text of this edition is, in the main, that of C. Holzer (tenth edition, Stuttgart, 1889). In orthography, however, Brambach has been followed...

The thanks of the editors are due to Mr. E. G. Warner, of the Brooklyn Polytechnic Institute, for his hearty coöperation in the work, and particularly for the labor which he has expended upon the exercises.

ROBERT ARROWSMITH.
CHARLES KNAPP.

August, 1895.

I
Rōmānī Imperiī Exōrdium

Proca, rēx Albānōrum, Numitōrem et Amūlium fīliōs habuit. Numitōrī, quī nātū māior erat, rēgnum relīquit; sed Amūlius, pulsō frātre, rēgnāvit et, ut eum subole prīvāret, Rhēam 

Temple of Vesta

Silviam, ēius fīliam, Vestae sacerdōtem fēcit, quae tamen Rōmulum et Remum geminōs ēdidit. Eā rē cōgnitā Amūlius ipsam in vincula coniēcit, parvulōs alveō impositōs abiēcit in Tiberim, quī tunc forte super rīpās erat effūsus; sed, relābente flūmine, eōs aqua in siccō relīquit. Vāstae tum in iīs locīs sōlitūdinēs erant. Lupa, ut fāmā trāditum est, ad vāgītum accurrit, īnfantēs linguā lambit, ūbera eōrum ōrī mātremque sē gessit.

Cum lupa saepius ad parvulōs velutī ad catulōs reverterētur, Faustulus, pāstor rēgius, rē animadversā eōs tulit in casam et Accae Lārentiae coniugī dedit ēducandōs. Adultī deinde hī inter pāstōrēs prīmō lūdicrīs certāminibus vīrēs auxēre, deinde vēnandō saltūs peragrāre et latrōnēs ā rapīnā pecorum arcēre coepērunt. Quārē cum iīs īnsidiātī essent latrōnēs, Remus captus est, Rōmulus vī sē dēfendit. Tum 

A Vestal

Faustulus, necessitāte compulsus, indicāvit Rōmulō quis esset eōrum avus, quae māter. Rōmulus statim armātīs pāstōribus Albam properāvit.

Casa

Intereā Remum latrōnēs ad Amūlium rēgem perdūxērunt, eum accūsantēs, quasi Numitōris agrōs īnfēstāre solitus esset; itaque Remus ā rēge Numitōrī ad supplicium trāditus est; at cum Numitor, adulēscentis vultum cōnsīderāns, aetātem minimēque servīlem indolem comparāret, haud procul erat quīn nepōtem āgnōsceret. Nam Remus ōris līneāmentīs erat mātrī simillimus aetāsque expositiōnis temporibus congruēbat. Ea rēs dum Numitōris animum anxium tenet, repente Rōmulus supervenit, frātrem līberat, interēmptō Amūliō avum Numitōrem in rēgnum restituit.

Deinde Rōmulus et Remus urbem in iīsdem locīs, ubi expositī ubique ēducātī erant, condidērunt; sed ortā inter eōs contentiōne, uter nōmen novae urbī daret eamque imperiō regeret, auspicia dēcrēvērunt adhibēre. Remus prior sex vulturēs, Rōmulus posteā duodecim vīdit. Sīc Rōmulus, victor auguriō, urbem Rōmam vocāvit. Ad novae urbis tūtēlam sufficere vāllum vidēbātur. Cūius angustiās inrīdēns cum Remus saltū id trāiēcisset, eum īrātus Rōmulus interfēcit, hīs increpāns verbīs: "Sīc deinde, quīcumque alius trānsiliet moenia mea!" Ita sōlus potītus est imperiō Rōmulus.

Tiber Statue

II
Rōmulus, Rōmānōrum Rēx Prīmus
r. 753–715 BCE

Rōmulus imāginem urbis magis quam urbem fēcerat; incolae deerant. Erat in proximō lūcus; hunc asȳlum fēcit. Et statim eō mīra vīs latrōnum pāstōrumque cōnfūgit. Cum vērō uxōrēs ipse populusque nōn habērent, lēgātōs circā vīcīnās gentēs mīsit, quī societātem cōnūbiumque novō populō peterent. Nūsquam benīgnē audīta lēgātiō est; lūdibrium etiam additum: "Cūr nōn fēminīs quoque asȳlum aperuistis? Id enim compār foret cōnūbium." Rōmulus, aegritūdinem animī dissimulāns, lūdōs parat; indīcī deinde fīnitimīs spectāculum iubet. Multī convēnēre studiō etiam videndae novae urbis, māximē Sabīnī cum līberīs et coniugibus. Ubi spectāculī tempus vēnit eōque conversae mentēs cum oculīs erant, tum sīgnō datō iuvenēs Rōmānī discurrunt, virginēs rapiunt.

Haec fuit statim causa bellī. Sabīnī enim ob virginēs raptās bellum adversus Rōmānōs sūmpsērunt, et cum Rōmae appropinquārent, Tarpēiam virginem nactī sunt, quae aquam forte

Armilla

extrā moenia petītum ierat. Hūius pater Rōmānae praeerat arcī. Titus Tatius, Sabīnōrum dux, Tarpēiae optiōnem mūneris dedit, sī exercitum suum in Capitōlium perdūxisset. Illa petiit quod Sabīnī in sinistrīs manibus gererent, vidēlicet aureōs

Death of Tarpeia

ānulōs et armillās. Quibus dolōsē prōmissīs, Tarpēia Sabīnōs in arcem perdūxit, ubi Tatius scūtīs eam obruī iussit; nam et ea in laevīs habuerant. Sīc impia prōditiō celerī poenā vindicāta est.

3

Deinde Rōmulus ad certāmen prōcessit, et in eō locō, ubi nunc Rōmānum Forum est, pūgnam cōnseruit. Prīmō impetū vir inter Rōmānōs īnsīgnis, nōmine Hostīlius, fortissimē dīmicāns cecidit; cūius interitū cōnsternātī Rōmānī fugere coepērunt. Iam Sabīnī clāmitābant: "Vīcimus perfidōs hospites, imbellēs hostēs. Nunc sciunt longē aliud esse virginēs rapere, aliud pūgnāre cum virīs." Tunc Rōmulus, arma ad caelum tollēns, Iovī aedem vōvit, et exercitus seu forte seu dīvīnitus restitit. Itaque proelium redintegrātur; sed raptae mulierēs crīnibus passīs ausae sunt sē inter tēla volantia īnferre et hinc patrēs, hinc virōs ōrantēs, pācem conciliārunt.

Rōmulus, foedere cum Tatiō īctō, et Sabīnōs in urbem recēpit et rēgnum cum Tatiō sociāvit. Vērum haud ita multō post, occīsō Tatiō, ad Rōmulum potentātus omnis recidit. Centum deinde ex seniōribus ēlēgit, quōrum cōnsiliō omnia ageret, quōs senātōrēs nōmināvit propter senectūtem. Trēs equitum centuriās cōnstituit, populum in trīgintā cūriās distribuit. Hīs ita ōrdinātīs, cum ad exercitum lūstrandum cōntiōnem in campō ad Caprae palūdem habēret, subitō coorta est tempestās cum māgnō fragōre tonitribusque et Rōmulus ē cōnspectū ablātus est. Ad deōs trānsīsse vulgō crēditus est; cuī reī fidem fēcit Iūlius Proculus, vir nōbilis. Ortā enim inter patrēs et plēbem sēditiōne, in cōntiōnem prōcessit, iūreiūrandō adfīrmāns vīsum ā sē Rōmulum augustiōre fōrmā, eundemque praecipere ut sēditiōnibus abstinērent et rem mīlitārem colerent; futūrum ut omnium gentium dominī exsisterent. Aedēs in colle Quirīnālī Rōmulō cōnstitūta, ipse prō deō cultus et Quirīnus est appellātus.

Romulus as Quirinus

III

Numa Pompilius, Rōmānōrum Rēx Secundus

r. 716–673 BCE

Successit Rōmulō Numa Pompilius, vir inclitā iūstitiā et religiōne. Is Curibus, ex oppidō Sabīnōrum, accītus est. Quī cum Rōmam vēnisset, ut populum ferum religiōne mītigāret, sacra plūrima īnstituit. Āram Vestae cōnsecrāvit,

Sella Curulis

et īgnem in ārā perpetuō alendum virginibus dedit. Flāminem Iovis sacerdōtem creāvit eumque īnsīgnī veste et curūlī sellā adōrnāvit. Dīcitur quondam ipsum Iovem ē caelō ēlicuisse. Hīc, ingentibus fulminibus in urbem dēmissīs, dēscendit in nemus Aventīnum, ubi Numam docuit quibus sacrīs fulmina essent prōcūranda, et praetereā imperiī certa pīgnora populō Rōmānō datūrum sē esse prōmīsit. Numa laetus rem populō nūntiāvit. Postrīdiē omnēs ad aedēs rēgiās convēnērunt silentēsque exspectābant quid futūrum esset. Atque sōle ortō dēlābitur ē

Ancilia

caelō scissō scūtum, quod ancīle appellāvit Numa. Id nē fūrtō auferrī posset, Māmurium fabrum ūndecim scūta eādem fōrmā fabricāre iussit. Duodecim autem Saliōs Mārtis sacerdōtēs lēgit, quī ancīlia, sēcrēta illa imperiī pīgnora, cūstōdīrent et Kalendīs Mārtiīs per urbem canentēs et rīte saltantēs ferrent. Annum in duodecim mēnsēs ad cursum lūnae dēscrīpsit; nefāstōs fāstōsque diēs fēcit; portās Iānō geminō aedificāvit ut esset index pācis et bellī; nam apertus, in armīs esse cīvitātem, clausus, pācātōs circā omnēs populōs, sīgnificābat.

5

Lēgēs quoque plūrimās et ūtilēs tulit Numa. Ut vērō māiōrem īnstitūtīs suīs auctōritātem conciliāret, simulāvit sibi cum deā Ēgeriā esse conloquia nocturna ēiusque monitū sē omnia, quae ageret, facere. Lūcus erat, quem medium fōns perennī rigābat aquā; eō saepe Numa sine arbitrīs sē īnferēbat, velut ad congressum deae; ita omnium animōs eā pietāte imbuit, ut fidēs ac iūsiūrandum nōn minus quam lēgum et poenārum metus cīvēs continēret. Bellum quidem nūllum gessit, sed nōn minus cīvitātī prōfuit quam Rōmulus. Morbō exstīnctus in Iāniculō monte sepultus est. Ita duo deinceps rēgēs, ille bellō, hīc pāce, cīvitātem auxērunt. Rōmulus septem et trīgintā rēgnāvit annōs, Numa trēs et quadrāgintā.

Janus

IV
Tullus Hostīlius, Rōmānōrum Rēx Tertius
r. 673–641 BCE

Mortuō Numā Tullus Hostīlius rēx creātus est. Hīc nōn sōlum proximō rēgī dissimilis, sed ferōcior etiam Rōmulō fuit. Eō rēgnante bellum inter Albānōs et Rōmānōs exortum est. Ducibus Hostīliō et Fūfetiō placuit rem paucōrum certāmine fīnīrī. Erant apud Rōmānōs trigeminī frātrēs Horātiī, trēs apud Albānōs Cūriātiī. Cum eīs agunt rēgēs ut prō suā quisque patriā dīmicent ferrō. Foedus īctum est eā lēge, ut, unde victōria, ibi imperium esset.

Īctō foedere trigeminī arma capiunt et in medium inter duās aciēs prōcēdunt. Cōnsēderant utrimque duo exercitūs. Datur sīgnum, īnfēstīque armīs ternī iuvenēs, māgnōrum exercituum animōs gerentēs, concurrunt. Ut prīmō concursū increpuēre arma micantēsque fulsēre gladiī, horror ingēns spectantēs perstringit. Cōnsertīs deinde manibus, statim duo Rōmānī alius super alium exspīrantēs cecidērunt; trēs Albānī vulnerātī. Ad cāsum Rōmānōrum conclāmāvit gaudiō exercitus Albānus. Rōmānōs iam spēs tōta dēserēbat. Ūnum Horātium trēs Cūriātiī circumsteterant. Forte is integer fuit; sed quia tribus impār erat, ut distraheret hostēs, fugam capessīvit, singulōs per intervālla secūtūrōs esse ratus. Iam aliquantum spatiī ex eō locō, ubi pūgnātum est, aufūgerat, cum respiciēns videt ūnum ē Cūriātiīs haud procul ab sēsē abesse. In eum māgnō impetū redit, et dum Albānus exercitus inclāmat Cūriātiīs ut opem ferant frātrī, iam Horātius eum occīderat. Alterum deinde, priusquam tertius posset cōnsequī, interfēcit.

Iam singulī supererant, sed nec spē nec vīribus parēs. Alter erat intāctus ferrō et gemināta victōriā ferōx; alter fessum vulnere, fessum cursū trahēbat corpus. Nec illud proelium fuit. Rōmānus exsultāns male sustinentem arma Cūriātium cōnficit, iacentem spoliat. Rōmānī ovantēs ac grātulantēs Horātium accipiunt et domum dēdūcunt. Prīnceps ībat Horātius, trium frātrum spolia prae sē gerēns. Cuī obvia fuit soror, quae dēspōnsa fuerat ūnī ex Cūriātiīs, vīsōque super umerōs frātris palūdāmentō spōnsī, quod ipsa cōnfēcerat, flēre et crīnēs solvere coepit. Movet ferōcis iuvenis animum complōrātiō sorōris in tantō gaudiō pūblicō; itaque strictō gladiō trānsfīgit puellam, simul eam verbīs increpāns: "Abī hinc cum immātūrō amōre ad spōnsum, oblīta frātrum, oblīta patriae. Sīc eat, quaecumque Rōmāna lūgēbit hostem."

Atrōx id vīsum est facinus patribus plēbīque; quārē raptus est in iūs Horātius et apud iūdicēs condemnātus. Iam accesserat līctor iniciēbatque laqueum. Tum Horātius ad populum prōvocāvit. Intereā pater Horātiī senex prōclāmābat fīliam suam iūre caesam esse; et iuvenem amplexus spoliaque Cūriātiōrum ostentāns, ōrābat populum nē sē, quem paulō ante cum ēgregiā stirpe cōnspexissent, orbum līberīs faceret. Nōn tulit populus patris lacrimās iuvenemque absolvit admīrātiōne magis virtūtis quam iūre causae. Ut tamen caedēs manifēsta expiārētur, pater quibusdam sacrificiīs perāctīs trānsmīsit per viam tigillum et fīlium capite adopertō velut sub iugum mīsit; quod tigillum *Sorōrium* appellātum est.

Nōn diū pāx Albāna mānsit; nam Mettius Fūfetius, dux Albānōrum, cum sē invidiōsum apud cīvēs vidēret, quod bellum ūnō paucōrum certāmine fīnīsset, ut rem corrigeret, Vēientēs Fīdēnātēsque adversus Rōmānōs concitāvit. Ipse, ā Tullō in auxilium arcessītus, aciem in collem subdūxit, ut fortūnam bellī exspectāret et sequerētur. Quā rē Tullus intellēctā māgnā vōce ait suō illud iussū Mettium facere, ut hostēs ā tergō circumvenīrentur. Quō audītō hostēs territī et victī sunt. Posterō diē Mettius cum ad grātulandum Tullō vēnisset, iussū illīus quadrīgīs religātus et in dīversa distrāctus est. Deinde Tullus Albam propter ducis perfidiam dīruit et Albānōs Rōmam trānsīre iussit.

Rōma interim crēvit Albae ruīnīs; duplicātus est cīvium numerus; mōns Caelius urbī additus et, quō frequentius habitārētur, eam sēdem Tullus rēgiae cēpit ibique deinde habitāvit. Auctārum vīrium fīdūciā ēlātus bellum Sabīnīs indīxit. Pēstilentia īnsecūta est; nūlla tamen ab armīs quiēs dabātur. Crēdēbat enim rēx bellicōsus salūbriōra mīlitiae quam domī esse iuvenum corpora, sed ipse quoque diuturnō morbō est implicitus. Tunc vērō adeō frāctī simul cum corpore sunt spīritūs illī ferōcēs, ut nūllī reī posthāc nisi sacrīs operam daret. Memorant Tullum fulmine īctum cum domō cōnflagrāsse. Tullus māgnā glōriā bellī rēgnāvit annōs duōs et trīgintā.

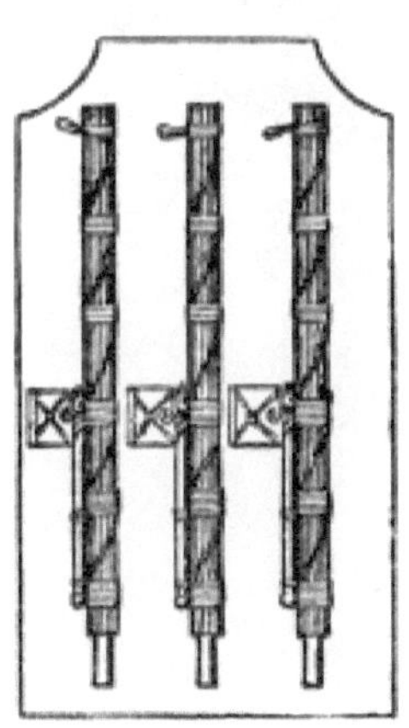

Fasces

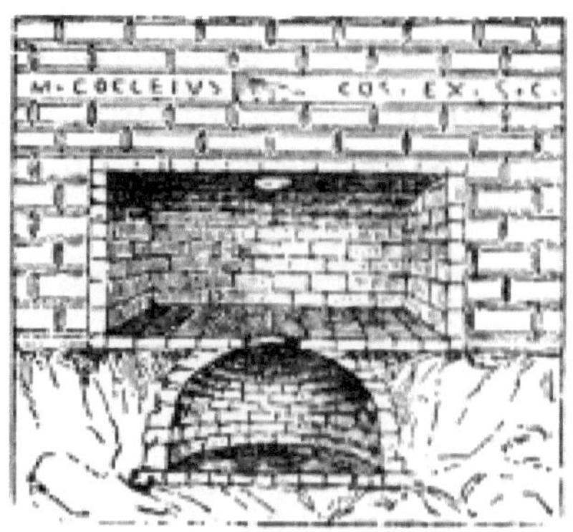

Carcer Mamertinus

V

Ancus Mārcius, Rōmānōrum Rēx Quārtus

r. 641–616 BCE

Numa and Ancus Marcius

Tullō mortuō Ancum Mārcium rēgem populus creāvit. Numae Pompiliī nepōs Ancus Mārcius erat, aequitāte et religiōne avō similis. Tunc Latīnī, cum quibus Tullō rēgnante īctum foedus erat, sustulerant animōs, et incursiōnem in agrum Rōmānum fēcērunt. Ancus, priusquam eīs bellum indīceret, lēgātum mīsit, quī rēs repeteret, eumque mōrem posterī accēpērunt. Id autem hōc modō fīēbat. Lēgātus, ubi ad fīnēs eōrum venit ā quibus rēs repetuntur, capite vēlātō "Audī, Iuppiter," inquit "audīte, fīnēs hūius populī. Ego sum pūblicus nūntius populī Rōmānī; verbīs meīs fidēs sit." Deinde peragit pōstulāta. Sī nōn dēduntur rēs quās expōscit, hastam in fīnēs hostium ēmittit bellumque ita indīcit. Lēgātus, quī eā dē rē mittitur, Fētiālis rītusque bellī indīcendī Iūs Fētiāle appellātur.

Lēgātō Rōmānō rēs repetentī superbē respōnsum est ā Latīnīs; quārē bellum hōc modō eīs indictum est. Ancus, exercitū cōnscrīptō, profectus Latīnōs fūdit et complūribus oppidīs dēlētīs cīvēs Rōmam trādūxit. Cum autem in tantā hominum multitūdine facinora clandestīna fierent, Ancus carcerem in mediā urbe ad terrōrem incrēscentis audāciae aedificāvit. Īdem nova moenia urbī circumdedit, Iāniculum montem ponte subliciō in Tiberī factō urbī cōniūnxit, in ōre Tiberis Ōstiam urbem condidit. Plūribus aliīs rēbus intrā paucōs annōs cōnfectīs; immātūrā morte praereptus obiit.

Signum

VI

Lūcius Tarquinius Prīscus, Rōmānōrum Rēx Quīntus

r. 616–578 BCE

Ancō rēgnante Lūcius Tarquinius, Tarquiniīs, ex Etrūriae urbe, profectus, cum coniuge et fortūnīs omnibus Rōmam commigrāvit. Additur haec fābula: advenientī aquila pilleum sustulit et super carpentum, cuī Tarquinius īnsidēbat, cum māgnō clangōre volitāns rūrsus capitī aptē reposuit; inde sublīmis abiit. Tanaquil coniux, caelestium prōdigiōrum perīta, rēgnum eī portendī intellēxit; itaque, virum complexa, excelsa et alta spērāre eum iussit. Hās spēs cōgitātiōnēsque sēcum portantēs urbem ingressī sunt, domiciliōque ibi comparātō Tarquinius pecūniā et indūstriā dīgnitātem atque etiam Ancī rēgis familiāritātem cōnsecūtus est; ā quō tūtor līberīs relīctus rēgnum intercēpit et ita administrāvit, quasi iūre adeptus esset.

Tarquinius Prīscus Latīnōs bellō domuit; Circum Māximum aedificāvit; dē Sabīnīs triumphāvit; mūrum lapideum urbī circumdedit. Equitum centuriās duplicāvit, nōmina mūtāre nōn potuit, dēterritus, ut ferunt, Attī Nāviī auctōritate. Attus enim, eā tempestāte augur inclitus, id fierī posse negābat, nisi avēs addīxissent; īrātus rēx in experīmentum artis eum interrogāvit, fierīne posset quod ipse mente concēpisset;

Augur

Attus auguriō āctō fierī posse respondit. "Atquī hōc" inquit rēx "agitābam, num cōtem illam secāre novāculā possem." "Potes ergō" inquit augur, et rēx secuisse dīcitur. Tarquinius fīlium tredecim annōrum, quod in proeliō hostem percussisset, praetextā bullāque dōnāvit; unde haec ingenuōrum puerōrum īnsīgnia esse coepērunt.

Supererant duo Ancī fīliī, quī, aegrē ferentēs sē paternō rēgnō fraudātōs esse, rēgī īnsidiās parāvērunt. Ex pāstōribus duōs ferōcissimōs dēligunt ad patrandum facinus. Eī simulātā rixā in vēstibulō rēgiae tumultuantur. Quōrum clāmor cum penitus in rēgiam pervēnisset, vocātī ad rēgem pergunt. Prīmō uterque vōciferārī coepit et certātim alter alterī obstrepere. Cum vērō iussī essent in vicem dīcere, ūnus ex compositō rem ōrdītur; dumque intentus in eum sē rēx tōtus āvertit, alter ēlātam secūrim in ēius caput dēiēcit, et relīctō in vulnere tēlō ambō forās sē prōripiunt.

VII
Servius Tullius, Rōmānōrum Rēx Sextus
r. 578–534 BCE

Post hunc Servius Tullius suscēpit imperium, genitus ex nōbilī fēminā, captīvā tamen et famulā. Quī cum in domō Tarquiniī Prīscī ēducārētur, ferunt prōdigium vīsū ēventūque mīrābile accidisse. Flammae speciēs puerī dormientis caput amplexa est. Hōc vīsū Tanaquil summam eī dīgnitātem portendī intellēxit coniugīque suāsit ut eum haud secus ac suōs līberōs ēducāret. Is postquam adolēvit, et fortitūdine et cōnsiliō īnsīgnis fuit. In proeliō quōdam, in quō rēx Tarquinius adversus Sabīnōs cōnflīxit, mīlitibus sēgnius dīmicantibus, raptum sīgnum in hostem mīsit. Cūius recipiendī grātiā Rōmānī tam ācriter pūgnāvērunt, ut et sīgnum et victōriam referrent. Quārē ā Tarquiniō gener adsūmptus est; et cum Tarquinius occīsus esset, Tanaquil, Tarquiniī uxor, mortem ēius cēlāvit, populumque ex superiōre parte aedium adlocūta ait rēgem grave quidem, sed nōn lētāle vulnus accēpisse, eumque petere, ut interim dum convalēsceret, Serviō Tulliō dictō audientēs essent. Sīc Servius Tullius rēgnāre coepit, sed rēctē imperium administrāvit. Sabīnōs subēgit; montēs trēs, Quirīnālem, Vīminālem, Ēsquilīnum urbī adiūnxit; fossās circā mūrum dūxit. Īdem cēnsum ōrdināvit, et populum in classēs et centuriās distribuit.

Servius Tullius aliquod urbī decus addere volēbat. Iam tum inclitum erat Diānae Ephesiae fānum. Id commūniter ā cīvitātibus Asiae

Diana of Ephesus

factum fāma ferēbat. Itaque Latīnōrum populīs suāsit ut et ipsī fānum Diānae cum populō Rōmānō Rōmae in Aventīnō monte aedificārent. Quō factō, bōs mīrae māgnitūdinis cuīdam Latīnō nāta dīcitur, et respōnsum somniō datum eum populum summam imperiī habitūrum, cūius cīvis bovem illam Diānae immolāsset. Latīnus bovem ad fānum Diānae ēgit et causam sacerdōtī Rōmānō exposuit. Ille callidus dīxit prius eum vīvō flūmine manūs abluere dēbēre. Latīnus dum ad Tiberim dēscendit, sacerdōs bovem immolāvit. Ita imperium cīvibus sibique glōriam adquīsīvit.

Servius Tullius fīliam alteram ferōcem, mītem alteram habēns, cum Tarquiniī fīliōs parī esse animō vidēret, ferōcem mītī, mītem ferōcī in mātrimōnium dedit, nē duo violenta ingenia mātrimōniō iungerentur. Sed mītēs seu forte seu fraude periērunt; ferōcēs mōrum similitūdō coniūnxit. Statim Tarquinius ā Tulliā incitātus advocātō senātū rēgnum paternum repetere coepit. Quā rē audītā Servius dum ad Cūriam contendit, iussū Tarquiniī per gradūs dēiectus et domum refugiēns interfectus est. Tullia carpentō vecta in Forum properāvit et cōniugem ē Cūriā ēvocātum prīma rēgem salūtāvit; cūius iussū cum ē turbā ac tumultū dēcessisset domumque redīret, vīsō patris corpore, cunctantem et frēna mūliōnem inhibentem super ipsum corpus carpentum agere iussit, unde vīcus ille Scelerātus dictus est. Servius Tullius rēgnāvit annōs quattuor et quadrāgintā.

Sacrifice

VIII
Lūcius Tarquinius Superbus, Rōmānōrum Rēx Septimus et Ūltimus

r. 534–510 BCE

Tarquinius Superbus rēgnum scelestē occupāvit. Tamen bellō strēnuus Latīnōs Sabīnōsque domuit. Urbem Gabiōs in potestātem redēgit fraude Sextī fīliī. Is cum indīgnē ferret eam urbem ā patre expūgnārī nōn posse, ad Gabīnōs sē contulit, patris saevitiam in sē conquerēns. Benīgnē ā Gabīnīs exceptus paulātim eōrum benevolentiam cōnsequitur, fīctīs blanditiīs ita eōs adliciēns, ut apud omnēs plūrimum posset, et ad postrēmum dux bellī ēligerētur. Tum ē suīs ūnum ad patrem mittit scīscitātum quidnam sē facere vellet. Pater nūntiō fīliī nihil respondit, sed velut dēlīberābundus in hortum trānsiit ibique inambulāns sequente nūntiō altissima papāverum capita baculō dēcussit. Nūntius, fessus exspectandō, rediit Gabiōs. Sextus, cōgnitō silentiō patris et factō, intellēxit quid vellet pater. Prīmōrēs cīvitātis interēmit patrīque urbem sine ūllā dīmicātiōne trādidit.

Posteā rēx Ardeam urbem obsidēbat. Ibi cum in castrīs essent, Tarquinius Collātīnus, sorōre rēgis nātus, forte cēnābat apud Sextum Tarquinium cum iuvenibus rēgiīs. Incidit dē uxōribus mentiō; cum suam ūnusquisque laudāret, placuit experīrī. Itaque citātīs equīs Rōmam āvolant; rēgiās nurūs in convīviō et lūxū dēprehendunt. Pergunt inde Collātiam; Lucrētiam, Collātīnī uxōrem, inter ancillās lānae dēditam inveniunt. Ea ergō cēterīs praestāre iūdicātur. Paucīs interiectīs diēbus Sextus Collātiam rediit et Lucrētiae vim attulit. Illa posterō diē, advocātīs patre et coniuge, rem exposuit et sē cultrō, quem sub veste abditum habēbat, occīdit. Conclāmat vir paterque et in exitium rēgum coniūrant. Tarquiniō Rōmam redeuntī clausae sunt urbis portae et exsilium indictum.

In antīquīs annālibus memoriae haec sunt prōdita. Anus hospita atque incōgnita ad Tarquinium quondam Superbum rēgem adiit, novem librōs ferēns, quōs esse dīcēbat dīvīna ōrācula: eōs sē velle vēnumdare. Tarquinius pretium percontātus est: mulier nimium atque immēnsum popōscit. Rēx, quasi anus aetāte dēsiperet, dērīsit. Tum illa foculum cum īgnī appōnit et trēs librōs ex novem deūrit; et, ecquid reliquōs sex eōdem pretiō emere vellet, rēgem interrogāvit. Sed Tarquinius id multō rīsit magis, dīxitque anum iam procul dubiō dēlīrāre. Mulier ibīdem statim trēs aliōs librōs exūssit; atque id ipsum dēnuō placidē rogat, ut trēs reliquōs eōdem illō pretiō emat. Tarquinius ōre iam sēriō atque attentiōre animō fit; eam cōnstantiam cōnfīdentiamque nōn neglegendam intellegit: librōs trēs reliquōs mercātur nihilō minōre pretiō quam quod erat petītum prō omnibus. Sed eam mulierem tunc ā Tarquiniō dīgressam posteā nūsquam locī vīsam cōnstitit. Librī trēs in sacrāriō conditī Sibyllīnīque appellātī. Ad eōs, quasi ad ōrāculum, Quīndecemvirī adeunt, cum diī immortālēs pūblicē cōnsulendī sunt.

IX
Lūcius Iūnius Brūtus, Rōmānōrum Cōnsul Prīmus

Iūnius Brūtus, sorōre Tarquiniī Superbī nātus, cum eandem fortūnam timēret, in quam frāter inciderat, quī ob dīvitiās et prūdentiam ab avunculō erat occīsus, stultitiam finxit, unde Brūtus dictus est. Profectus Delphōs cum Tarquiniī fīliīs, quōs pater ad Apollinem mūneribus honōrandum mīserat, baculō sambūceō aurum inclūsum dōnō tulit deō. Perāctīs deinde mandātīs patris, iuvenēs Apollinem cōnsulunt quisnam ex ipsīs Rōmae rēgnātūrus esset. Respōnsum est eum Rōmae summam potestātem habitūrum, quī prīmus mātrem ōsculātus esset. Tunc Brūtus, velut sī cāsū prōlāpsus cecidisset, terram ōsculātus est, scīlicet quod ea commūnis māter omnium mortālium esset.

Expulsīs rēgibus duo cōnsulēs creātī sunt, Iūnius Brūtus et Tarquinius Collātīnus Lucrētiae marītus. At lībertās modo parta per dolum et prōditiōnem paene āmissa est. Erant in iuventūte Rōmānā adulēscentēs aliquot, sodālēs adulēscentium Tarquiniōrum. Hī cum lēgātīs, quōs rēx ad bona sua repetenda Rōmam mīserat, dē restituendīs rēgibus conloquuntur, ipsōs Brūtī cōnsulis fīliōs in societātem cōnsiliī adsūmunt. Sermōnem eōrum ex servīs ūnus excēpit; rem ad cōnsulēs dētulit. Datae ad Tarquinium lītterae manifēstum facinus fēcērunt. Prōditōrēs in vincula coniectī sunt, deinde damnātī. Stābant ad pālum dēligātī iuvenēs nōbilissimī; sed ā cēterīs līberī cōnsulis omnium in sē oculōs āvertēbant. Cōnsulēs in sēdem prōcessēre suam, missīque līctōrēs nūdātōs virgīs caedunt secūrīque feriunt. Suppliciī nōn spectātor modo, sed et exāctor erat Brūtus, quī tunc patrem exuit, ut cōnsulem ageret.

Tarquinius deinde bellō apertō rēgnum reciperāre cōnātus est. Equitibus praeerat Ārūns, Tarquiniī fīlius: rēx ipse cum legiōnibus Brutus sequēbātur. Obviam hostī cōnsulēs eunt; Brūtus ad explōrandum cum equitātū antecessit. Ārūns, ubi procul Brūtum āgnōvit, īnflammātus īrā "Ille est vir" inquit "quī nōs patriā expulit; ipse ēn ille nostrīs decorātus īnsīgnibus māgnificē incēdit." Tum concitat calcāribus equum atque in ipsum cōnsulem dīrigit; Brūtus avidē sē certāminī offert. Adeō īnfēstīs animīs concurrērunt, ut ambō hastā trānsfīxī caderent; fugātus tamen proeliō est Tarquinius. Alter cōnsul Rōmam triumphāns rediit. Brūtī conlēgae fūnus, quantō potuit apparātū, fēcit. Brūtum mātrōnae, ut parentem, annum lūxērunt.

Brutus

X

Gāius Mūcius Cordus Scaevola

Cum Porsena Rōmam obsidēret, Mūcius, vir Rōmānae cōnstantiae, senātum adiit et veniam trānsfugiendī petiit, necem rēgis reprōmittēns. Acceptā potestāte cum in castra Porsenae vēnisset, ibi in cōnfertissimā turbā prope tribūnal cōnstitit. Stīpendium tunc forte mīlitibus dabātur et scrība cum rēge parī ferē ōrnātū sedēbat. Mūcius, īgnōrāns uter rēx esset, illum prō rēge occīdit. Apprehēnsus et ad rēgem pertrāctus dextram accēnsō ad sacrificium foculō iniēcit, velut manum pūniēns, quod in caede peccāsset. Attonitus mīrāculō rēx iuvenem āmovērī ab altāribus iussit. Tum Mūcius, quasi beneficium remūnerāns, ait trecentōs adversus eum suī similēs coniūrāsse. Quā rē ille territus bellum acceptīs obsidibus dēposuit. Mūciō prāta trāns Tiberim data, ab eō Mūcia appellāta. Statua quoque eī honōris grātiā cōnstitūta est.

XI
Fabiī Trecentī Sex

Cum adsiduīs Vēientium incursiōnibus vexārentur Rōmānī, Fabia gēns senātum adit; cōnsul Fabius prō gente loquitur: "Vōs alia bella cūrāte; Fabiōs hostēs Vēientibus date: id bellum prīvātō sūmptū gerere nōbīs in animō est." Grātiae eī ingentēs āctae sunt. Cōnsul ē Cūriā ēgressus, comitante Fabiōrum āgmine, domum rediit. Mānat tōtā urbe rūmor; Fabium ad caelum laudibus ferunt. Fabiī posterō diē arma capiunt. Numquam exercitus neque minor numerō neque clārior fāmā et admīrātiōne hominum per urbem incessit. Ībant sex et trecentī mīlitēs, omnēs patriciī, omnēs ūnīus gentis. Ad Cremeram flūmen perveniunt. Is opportūnus vīsus est locus commūniendō praesidiō. Hostēs nōn semel fūsī pācem supplicēs petunt.

Vēientēs pācis impetrātae cum brevī paenituisset, redintegrātō bellō iniērunt cōnsilium īnsidiīs ferōcem hostem captandī. Multō successū Fabiīs audācia crēscēbat. Cum igitur pālātī passim agrōs populārentur, pecora ā Vēientibus obviam ācta sunt; ad quae prōgressī Fabiī in īnsidiās dēlāpsī omnēs ad ūnum periērunt. Diēs, quō id factum est, inter nefāstōs relātus est; porta, quā profectī erant, Scelerāta est appellāta. Ūnus omnīnō superfuit ex eā gente, quī propter aetātem impūberem domī relīctus erat. Is genus propāgāvit ad Quīntum Fabium Māximum, quī Hannibalem morā frēgit.

XII
Lūcius Virgīnius

Annō trecentēsimō ab urbe conditā prō duōbus cōnsulibus decemvirī creātī sunt, quī adlātās ē Graeciā lēgēs populō prōpōnerent. Duodecim tabulīs eae sunt perscrīptae. Cēterum decemvirī suā ipsōrum īnsolentiā in exitium āctī sunt. Nam ūnus ex iīs Appius Claudius virginem plēbēiam adamāvit. Quam cum Appius nōn posset pretiō ac spē perlicere, ūnum ē clientibus subōrnāvit, quī eam in servitūtem dēpōsceret, facile victūrum sē spērāns, cum ipse esset et accūsātor et iūdex. Lūcius Virgīnius, puellae pater, tunc aberat mīlitiae causā. Cliēns igitur virginī venientī in Forum (namque ibi in tabernīs litterārum lūdī erant) iniēcit manum, adfīrmāns suam esse servam. Eam sequī sē iubet; nī faciat, minātur sē vī abstrāctūrum. Pavidā puellā stupente, ad clāmōrem nūtrīcis fit concursus. Itaque cum ille puellam vī nōn posset abdūcere, eam vocat in iūs, ipsō Appiō iūdice.

Intereā missī nūntiī ad Virgīnium properant. Is commeātū sūmptō ā castrīs profectus prīmā lūce Rōmam advēnit, cum iam cīvitās in Forō exspectātiōne ērēcta stābat. Virgīnius statim in Forum lacrimābundus et cīvium opem implōrāns fīliam suam dēdūcit. Neque eō sētius Appius, cum in tribūnal ēscendisset, Virgīniam clientī suō addīxit. Tum pater, ubi nihil ūsquam auxiliī vīdit, "Quaesō," inquit "Appī, īgnōsce patriō dolōrī; sine mē fīliam ultimum adloquī." Datā veniā pater cum fīliam sēdūxisset, ab laniō cultrō adreptō pectus puellae trānsfīgit. Tum vērō sibi viam facit et respersus cruōre ad exercitum profugit et mīlitēs ad vindicandum facinus accendit. Concitātus exercitus montem Aventīnum īnsēdit; decem tribūnōs mīlitum creāvit; decemvirōs magistrātū sē abdicāre coēgit eōsque omnēs aut morte aut exiliō multāvit; ipse Appius Claudius in carcerem coniectus mortem sibi cōnscīvit.

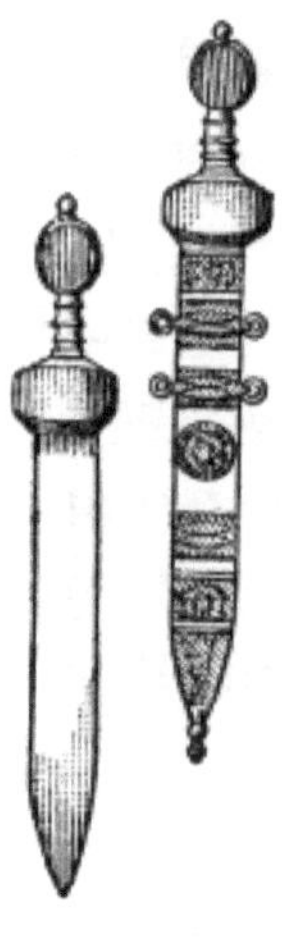

Gladius

XIII
Titus Mānlius Torquātus

Titus Mānlius ob ingeniī et linguae tarditātem ā patre rūs relēgātus erat. Quī cum audīvisset patrī diem dictam esse ā Pompōniō, tribūnō plēbis, cēpit cōnsilium rudis quidem et agrestis animī, sed pietāte laudābile. Cultrō succinctus māne in urbem atque ā portā cōnfēstim ad Pompōnium pergit: intrōductus cultrum stringit et super lectum Pompōniī stāns sē eum trānsfīxūrum minātur, nisi ab inceptā accūsātiōne dēsistat. Pavidus tribūnus, quīppe quī cerneret ferrum ante oculōs micāns, accūsātiōnem dīmīsit. Ea rēs adulēscentī eō māiōrī fuit honōrī quod animum ēius acerbitās paterna ā pietāte nōn āvertisset, ideōque eōdem annō tribūnus mīlitum factus est.

Cum posteā Gallī ad tertium lapidem trāns Aniēnem fluvium castra posuissent, exercitus Rōmānus ab urbe profectus in citeriōre rīpā fluviī cōnstitit. Pōns in mediō erat: tunc Gallus eximiā corporis māgnitūdine in vacuum pontem prōcessit et quam māximā vōce potuit "Quem nunc" inquit "Rōma fortissimum habet, is prōcēdat agedum ad pūgnam, ut ēventus certāminis nostrī ostendat utra gēns bellō sit melior." Diū inter prīmōrēs iuvenum Rōmānōrum silentium fuit. Tum Titus Mānlius ex statiōne ad imperātōrem pergit: "Iniussū tuō," inquit, "imperātor, extrā ōrdinem numquam pūgnāverim, nōn sī certam victōriam videam; sī tū permittis, volō ego illī bēluae ostendere mē ex eā familiā ortum esse, quae Gallōrum āgmen ex rūpe Tarpēiā dēiēcit." Cuī imperātor "Macte virtūte," inquit "Tite Mānlī, estō: perge et nōmen Rōmānum invictum praestā."

Armant deinde iuvenem aequālēs: scūtum capit, Hispānō cingitur gladiō, ad propiōrem pūgnam habilī. Exspectābat eum Gallus stolidē laetus et linguam ab inrīsū exserēns. Ubi cōnstitēre inter duās aciēs, Gallus ēnsem cum ingentī sonitū in arma Mānliī dēiēcit. Mānlius vērō inter corpus et arma Gallī sēsē īnsinuāns ūnō alterōque īctū ventrem trānsfōdit et in spatium ingēns ruentem porrēxit hostem; iacentī torquem dētrāxit, quem cruōre respersum collō circumdedit suō. Dēfīxerat pavor cum admīrātiōne Gallōs; Rōmānī alacrēs obviam mīlitī suō prōgrediuntur et grātulantēs laudantēsque ad imperātōrem perdūcunt. Mānlius inde Torquātī cōgnōmen accēpit.

Īdem Mānlius, posteā cōnsul factus bellō Latīnō, ut dīsciplīnam mīlitārem restitueret, ēdīxit nē quis extrā ōrdinem in hostēs pūgnāret. T. Mānlius, cōnsulis fīlius, cum propius forte ad statiōnem hostium accessisset, is, quī Latīnō equitātuī praeerat, ubi cōnsulis fīlium āgnōvit, "Vīsne" inquit "congredī mēcum, ut singulāris certāminis ēventū cernātur, quantum eques Latīnus Rōmānō praestet?" Mōvit ferōcem animum iuvenis seu īra seu dētrēctandī certāminis pudor. Itaque oblītus imperiī paternī in certāmen ruit et Latīnum ex equō excussum trānsfīxit spoliīsque lēctīs in castra ad patrem vēnit. Extemplō fīlium āversātus cōnsul mīlitēs classicō advocat. Quī postquam

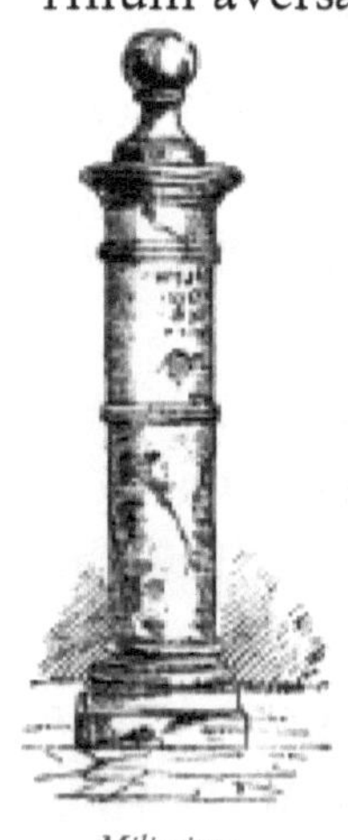

frequentēs convēnēre, "Quandōquidem" inquit "tū, fīlī, contrā imperium cōnsulis pūgnāstī, oportet dīsciplīnam, quam solvistī, poenā tuā restituās. Trīste exemplum, sed in posterum salūbre iuventūtī eris. Ī, līctor, dēligā ad pālum." Metū omnēs obstupuēre; sed postquam cervīce caesā fūsus est cruor, in questūs et lāmenta ērūpēre. Mānliō Rōmam redeuntī seniōrēs tantum obviam exiērunt: iuventūs et tunc eum et omnī deinde vītā exsecrāta est.

Miliarium

Operae pretium erit aliud sevēritātis dīsciplīnae Rōmānae exemplum prōferre, simul ut appāreat quam facile sevēritās in crūdēlitātem et furōrem abeat. Cn. Pīsō fuit vir ā multīs vitiīs integer, sed prāvus et cuī placēbat prō cōnstantiā rigor. Is cum īrātus ad mortem dūcī iussisset mīlitem, quasi interfēcisset commīlitōnem, cum quō ēgressus erat ē castrīs et sine quō redierat, rogantī tempus aliquod ad conquīrendum nōn dedit. Damnātus mīles extrā castrōrum vāllum ductus est et iam cervīcem porrigēbat, cum subitō appāruit ille commīlitō, quī occīsus dīcēbātur. Tunc centuriō suppliciō praepositus condere gladium carnificem iubet. Ambō commīlitōnēs alter alterum complexī ingentī concursū et māgnō gaudiō exercitūs dēdūcuntur ad Pīsōnem. Ille cōnscendit tribūnal furēns et utrumque ad mortem dūcī iubet, adicit et centuriōnem, quī damnātum mīlitem redūxerat, haec praefātus: "Tē morte plectī iubeō, quia iam damnātus es; tē, quia causa damnātiōnis commīlitōnī fuistī; tē, quia iussus occīdere mīlitem imperātōrī nōn pāruistī."

Cēterum Mānliānae gentis propriam ferē fuisse illam in fīliōs acerbitātem alius Mānlius, illīus dē quō suprā dīximus nepōs, ostendit. Cum Macedonum lēgātī Rōmam vēnissent conquestum dē Sīlānō, Mānliī Torquātī fīliō, quod praetor prōvinciam expīlāsset, pater, avītae sevēritātis hērēs, petiit ā patribus cōnscrīptīs nē quid dē eā rē statuerent, antequam ipse īnspexisset Macedonum et fīliī suī causam. Id ā senātū libenter concessum est virō summae dīgnitātis, cōnsulārī iūrisque cīvīlis perītissimō. Itaque, īnstitūtā domī cōgnitiōne causae, sōlus per tōtum bīduum utramque partem audiēbat ac tertiō diē prōnūntiāvit fīlium suum vidērī nōn tālem fuisse in prōvinciā, quālēs ēius māiōrēs fuissent, et in cōnspectum suum deinceps venīre vetuit. Tam trīstī patris iūdiciō perculsus lūcem ulterius intuērī nōn sustinuit et proximā nocte vītam suspendiō fīnīvit. Perēgerat Torquātus sevērī et religiōsī iūdicis partēs, satisfactum erat reī pūblicae, habēbat ultiōnem Macedonia, at nōndum erat īnflexus patris rigor. Igitur nē exsequiīs quidem fīliī interfuit, ut patribus mōs erat apud Rōmānōs, et eō ipsō diē, quō fūnus ēius dūcēbātur, aurēs, ut solēbat, volentibus cōnsulere sē dē iūre praebuit.

Lictor

XIV
Pūblius Dēcius Mūs

P. Decius, Valeriō Māximō et Cornēliō Cossō cōnsulibus, tribūnus mīlitum fuit. Exercitū Rōmānō in angustiīs Gaurī montis clausō Decius ēditum collem cōnspexit imminentem hostium castrīs. Acceptō praesidiō verticem occupāvit, hostēs terruit, cōnsulī spatium dedit ad subdūcendum āgmen in aequiōrem locum. Ipse, colle, quem īnsēderat, undique armātīs circumdatō, intempestā nocte per mediās hostium cūstōdiās somnō oppressās incolumis ēvāsit. Quā rē ab exercitū dōnātus est corōnā cīvicā, quae dabātur eī, quī cīvēs in bellō servāsset. Cōnsul fuit bellō Latīnō cum Mānliō Torquātō. Hōc bellō cum utrīque cōnsulī somniō obvēnisset eōs victōrēs futūrōs, quōrum dux in proeliō cecidisset, convēnit inter eōs utī, utrīus cornū in aciē labōrāret, is diīs sē Mānibus dēvovēret. Inclīnante suā parte Decius sē et hostēs diīs Mānibus dēvōvit. Armātus in equum īnsiluit ac sē in mediōs hostēs immīsit: corruit obrutus tēlīs et victōriam suīs relīquit.

Corona Civica

XV
Mānius Curius Dentātus

Mānius Curius contrā Samnītēs profectus eōs ingentibus proeliīs vīcit. In quō bellō cum permultum agrī hominumque māximam vim cēpisset, ipse inde dītārī adeō nōluit, ut, cum interversae pecūniae arguerētur, catīllō līgneō, quō ūtī ad sacrificia cōnsuēverat, in medium prōlātō iūrāret sē nihil amplius dē praedā hostīlī in domum suam convertisse. Curiō ad focum sedentī in agrestī scamnō et ex līgneō catīllō cēnantī cum māgnum aurī pondus Samnītēs attulissent, repudiātī ab eō sunt dīxitque nōn aurum habēre sibi praeclārum vidērī, sed iīs quī habērent aurum imperāre. Quō respōnsō Curius Samnītibus ostendit sē neque aciē vincī neque pecūniā corrumpī posse. Agrī captī septēna iūgera populō virītim dīvīsit; cumque ipsī senātus iūgera quīnquāgintā adsīgnāret, plūs accipere nōluit quam singulīs cīvibus erat datum, dīxitque perniciōsum esse cīvem, quī eō, quod reliquīs tribuerētur, contentus nōn esset.

Posteā cōnsul creātus adversus Pyrrhum missus est: cumque in Capitōliō dēlēctum habēret et iūniōrēs taediō bellī nōmina nōn darent, coniectīs in ūrnam omnium tribuum nōminibus prīmum nōmen ūrnā extrāctum citārī iussit et cum adulēscēns nōn respondēret, bona ēius hastae subiēcit, deinde cum is questus dē iniūriā cōnsulis tribūnōs plēbis appellāsset, ipsum quoque vēndidit, nihil opus esse reī pūblicae eō cīve, quī nescīret pārēre, dīcēns. Neque tribūnī plēbis adulēscentī auxiliō fuērunt; posteāque rēs in cōnsuētūdinem abiit, ut dēlēctū rīte āctō, quī mīlitiam dētrēctāret, in servitūtem vēnderētur. Hōc terrōre cēterī adāctī nōmina prōmptius dedērunt.

Hīs cōpiīs Curius Pyrrhī exercitum cecīdit dēque eō rēge triumphāvit. Īnsīgnem triumphum fēcērunt quattuor elephantī cum turribus suīs, tum prīmum Rōmae vīsī. Victus rēx relīctō Tarentī praesidiō in Ēpīrum revertit. Cum autem bellum renovātūrus putārētur, Mānium Curium iterum cōnsulem fierī placuit. Sed inopīnāta mors rēgis Rōmānōs metū līberāvit. Pyrrhus enim, dum Argōs oppūgnat, urbem iam ingressus ā iuvene quōdam Argīvō lanceā leviter vulnerātus est. Māter adulēscentis, anus paupercula, cum aliīs mulieribus ē tēctō domūs proelium spectābat; quae cum vīdisset Pyrrhum in auctōrem vulneris suī māgnō impetū ferrī, perīculō fīliī suī commōta prōtinus tēgulam corripuit et utrāque manū lībrātam in caput rēgis dēiēcit.

Elephant

XV
Gāius Duīlius

Gāius Duīlius Poenōs nāvālī pūgnā prīmus dēvīcit. Quī cum vidēret nāvēs Rōmānās ā Pūnicīs vēlōcitāte superārī, manūs ferreās sīve corvōs, māchinam ad comprehendendās hostium nāvēs tenendāsque ūtilem, excōgitāvit. Quae manūs ubi hostīlem apprehenderant nāvem, superiectō ponte trānsgrediēbātur Rōmānus et in ipsōrum ratibus comminus dīmicābant, unde Rōmānīs, quī rōbore

Columna Rostrata of Duilius

praestābant, facilis victōria fuit. Celeriter sunt expūgnātae nāvēs Pūnicae trīgintā, in quibus etiam praetōria septirēmis capta est, mersae tredecim.

Duīlius victor Rōmam reversus prīmus nāvālem triumphum ēgit. Nūlla victōria Rōmānīs grātior fuit, quod invictī terrā iam etiam marī plūrimum possent. Itaque Duīliō concessum est, ut per omnem vītam praelūcente fūnāli et praecinente tībīcine ā cēnā redīret.

Hannibal, dux classis Pūnicae, ē nāvī quae iam capiēbātur, in scapham saltū sē dēmittēns Rōmānōrum manūs effūgit. Veritus autem, nē in patriā classis āmissae poenās daret, cīvium odium āstūtiā āvertit, nam ex illā īnfēlīcī pūgnā priusquam clādis nūntius domum pervenīret quendam ex amīcīs Carthāginem mīsit. Quī postquam cūriam intrāvit, "Cōnsulit" inquit "vōs Hannibal, cum dux Rōmānōrum māgnīs cōpiīs maritimīs īnstrūctīs advēnerit, num cum eō cōnflīgere dēbeat?" Acclāmāvit ūniversus senātus nōn esse dubium quīn cōnflīgī oportēret. Tum ille "Cōnflīxit" inquit "et superātus est." Ita nōn potuērunt factum damnāre, quod ipsī fierī dēbuisse iūdicāverant. Sīc Hannibal victus crucis supplicium effūgit: nam eō poenae genere dux rē male gestā apud Poenōs adficiēbātur.

Tibicen

XVII
Mārcus Atīlius Rēgulus

Mārcus Rēgulus cum Poenōs māgnā clāde adfēcisset, Hannō Carthāginiēnsis ad eum vēnit, quasi dē pāce āctūrus, rē vērā ut tempus extraheret, dōnec novae cōpiae ex Āfricā advenīrent. Is ubi ad cōnsulem accessit, exortus est mīlitum clāmor audītaque vōx, idem huīc faciendum esse, quod paucīs ante annīs Cornēliō cōnsulī ā Poenīs factum esset. Cornēlius enim, velut in conloquium per fraudem ēvocātus, ā Poenīs comprehēnsus erat et in vincula coniectus. Iam Hannō timēre incipiēbat, sed perīculum āstūtō respōnsō āvertit: "Hōc vērō" inquit "sī fēceritis, nihilō eritis Āfrīs meliōrēs." Cōnsul tacēre iussit eōs, quī pār parī referrī volēbant, et conveniēns gravitātī Rōmānae respōnsum dedit: "Istō tē metū, Hannō, fidēs Rōmāna līberat." Dē pāce, quia neque Poenus sēriō agēbat et cōnsul victōriam quam pācem mālēbat, nōn convēnit.

Rēgulus deinde in Āfricam prīmus Rōmānōrum ducum trāiēcit. Clypeam urbem et trecenta castella expūgnāvit, neque cum hominibus tantum, sed etiam cum mōnstrīs dīmicāvit. Nam cum ad flūmen Bagradam castra habēret, anguis mīrā māgnitūdine exercitum Rōmānōrum vexābat; multōs mīlitēs ingentī ōre corripuit; plūrēs caudae verbere ēlīsit; nōnnūllōs ipsō pēstilentis hālitūs adflātū exanimāvit. Neque is tēlōrum īctū perforārī poterat, dūrissimā squāmārum lōrīcā omnia tēla facile repellente. Cōnfugiendum fuit ad māchinās advectīsque ballistīs et catapultīs, velut arx quaedam mūnīta, dēiciendus hostis fuit. Tandem saxōrum pondere oppressus iacuit, sed cruōre suō flūmen corporisque pēstiferō adflātū vīcīna loca īnfēcit Rōmānōsque castra inde submovēre coēgit. Corium bēluae, centum et vīgintī pedēs longum, Rōmam mīsit Rēgulus.

Huīc ob rēs bene gestās imperium in annum proximum prōrogātum est. Quod ubi cōgnōvit Rēgulus, scrīpsit senātuī vīlicum suum in agellō, quem septem iūgerum habēbat, mortuum esse et servum, occāsiōnem nactum, aufūgisse ablātō īnstrūmentō rūsticō ideōque petere sē ut sibi successor in Āfricam mitterētur, nē, dēsertō agrō, nōn esset unde uxor et līberī alerentur. Senātus, acceptīs litterīs, rēs quās Rēgulus āmīserat pūblicā pecūniā redimī iussit, agellum colendum locāvit, alimenta coniugī ac līberīs praebuit. Rēgulus deinde multīs proeliīs Carthāginiēnsium opēs contudit eōsque pācem petere coēgit. Quam cum Rēgulus nōllet nisi dūrissimīs condiciōnibus dare, ā Lacedaemoniīs illī auxilium petiērunt.

Lacedaemoniī Xanthippum, virum bellī perītissimum, Carthāginiēnsibus mīsērunt, ā quō Rēgulus victus est ūltimā perniciē: nam duo tantum mīlia hominum ex omnī Rōmānō exercitū refūgērunt et Rēgulus ipse captus et in carcerem coniectus est. Inde Rōmam dē permūtandīs captīvīs missus est datō iūreiūrandō. ut, sī nōn impetrāsset, redīret ipse Carthāginem. Quī cum Rōmam vēnisset, inductus in senātum mandāta exposuit; sententiam nē dīceret recūsāvit; quamdiū iūreiūrandō hostium tenērētur, sē nōn esse senātōrem. Iūssus tamen sententiam dīcere, negāvit esse ūtile captīvōs Poenōs reddī, illōs enim adulēscentēs esse et bonōs ducēs, sē iam cōnfectum senectūte. Cūius cum valuisset auctōritās, captīvī retentī sunt, ipse, cum retinērētur ā propinquīs et amīcīs, tamen Carthāginem rediit: neque vērō tunc īgnōrābat sē ad crūdēlissimum hostem et ad exquīsīta supplicia proficīscī, sed iusiūrandum cōnservandum putāvit. Reversum Carthāginiēnsēs omnī cruciātū necāvērunt: palpebrīs enim resectīs aliquamdiū in locō tenebricōsō tenuērunt: deinde cum sōl esset ārdentissimus, repente ēductum intuērī caelum coēgērunt; postrēmō in arcam līgneam, undique clāvīs praeacūtīs horrentem et tam angustam, ut ērēctus perpetuō manēre cōgerētur, inclūsērunt. Ita dum fessum corpus, quōcumque inclīnābat, stimulīs ferreīs cōnfoditur, vigiliīs et dolōre continuō interēmptus est. Hīc fuit Atīliī Rēgulī exitus, ipsā vītā clārior et inlūstrior.

XVIII
Appius Claudius Pulcher

Appius Claudius, vir stultae temeritātis, cōnsul adversus Poenōs profectus priōrum ducum cōnsilia palam reprehendēbat sēque, quō diē hostem vīdisset, bellum cōnfectūrum esse iactitābat. Quī cum, antequam nāvāle proelium committeret, auspicia habēret pullāriusque eī nūntiāsset, pullōs nōn exīre ē caveā neque vescī, inrīdēns iussit eōs in aquam mergī, ut saltem biberent, quoniam ēsse nōllent. Ea rēs cum, quasi īrātīs diīs, mīlitēs ad omnia sēgniōrēs timidiōrēsque fēcisset, commissō proeliō māgna clādēs ā Rōmānīs accepta est: octō eōrum mīlia caesa sunt, vīgintī mīlia capta. Quā re Claudius posteā ā populō condemnātus est damnātiōnisque īgnōminiam voluntāriā morte praevēnit. Ea rēs calamitātī fuit etiam Claudiae, cōnsulis sorōrī: quae ā lūdīs pūblicīs revertēns, in cōnfertā multitūdine aegrē prōcēdente carpentō, palam optāvit ut frāter suus Pulcher revīvīsceret atque iterum classem āmitteret, quō minor turba Rōmae foret. Ob vōcem illam impiam Claudia quoque damnāta gravisque eī dicta est multa.

Sacred Chickens

XIX
Quīntus Fabius Māximus

Hannibal, Hamilcaris fīlius, novem annōs nātus, ā patre ārīs admōtus odium in Rōmānōs perenne iūrāvit. Quae rēs māximē vidētur concitāsse secundum Pūnicum bellum. Nam, mortuō Hamilcare, Hannibal causam bellī quaerēns Saguntum, cīvitātem Hispāniae Rōmānīs foederātam ēvertit. Quāpropter Rōmā

Hannibal

missī sunt Carthāginem lēgātī, quī Hannibalem, malī auctōrem, expōscerent. Tergiversantibus Poenīs Quīntus Fabius, lēgātiōnis prīnceps, sinū ex togā factō "Hīc" inquit "vōbīs bellum et pācem portāmus; utrum placet, sūmite." Poenīs daret utrum vellet succlāmantibus, Fabius, excussā togā, bellum sē dare dīcit. Poenī accipere sē respondērunt et, quibus acciperent animīs, iīsdem sē gestūrōs.

Hannibal superātīs Pȳrēnaeī et Alpium iugīs in Ītaliam vēnit. Pūblium Scīpiōnem apud Tīcīnum amnem, Semprōnium apud Trebiam, Flāminium apud Trasumēnum prōflīgāvit.

Adversus hostem totiēns victōrem missus Quīntus Fabius dictātor Hannibalis impetum morā frēgit; namque, priōrum ducum clādibus ēdoctus bellī ratiōnem mūtāre et adversus Hannibalem, successibus proeliōrum īnsolentem, recēdere ab ancipitī discrīmine et tuērī tantummodo Ītaliam cōnstituit Cunctātōrisque nōmen et laudem summī ducis meruit. Per loca alta āgmen dūcēbat modicō ab hoste intervāllō, ut neque omitteret eum neque cum eō congрederētur; castrīs, nisi quantum necessitās cōgeret, mīles tenēbātur. Dux neque occāsiōnī reī bene gerendae deerat, sī qua ab hoste darētur, neque ūllam ipse hostī dabat. Itaque cum ex levibus proeliīs superior discēderet, mīlitem minus iam coepit aut virtūtis suae aut fortūnae paenitēre.

Hīs artibus cum Hannibalem Fabius in agrō Falernō locōrum angustiīs clausisset, ille sine ūllō exercitūs dētrīmentō sē expedīvit. Namque ārida sarmenta in boum cornibus dēligāta prīncipiō noctis incendī bovēsque ad montēs, quōs Rōmānī īnsēderant, agī iussit. Quī cum accēnsīs cornibus per montēs, per silvās hūc illūc discurrerent, Rōmānī mīrāculō attonitī cōnstitērunt; ipse Fabius, īnsidiās esse ratus, mīlitem extrā vāllum ēgredī vetuit. Intereā Hannibal ex angustiīs ēvāsit.

Dein Hannibal, ut Fabiō apud suōs cōnflāret invidiam, agrum ēius, omnibus circā vāstātīs, intāctum relīquit. At Fabius, missō Rōmam Quīntō fīliō, inviolātum ab hoste agrum vēndidit ēiusque pretiō captīvōs Rōmānōs redēmit.

Haud grāta tamen Rōmānīs erat Fabiī cunctātiō: eumque prō cautō timidum, prō cunctātōre sēgnem vocitābant. Augēbat invidiam Minucius, magister equitum, dictātōrem crīminandō: illum in dūcendō bellō sēdulō tempus terere, quō diūtius in magistrātū esset sōlusque et Rōmae et in exercitū imperium habēret. Hīs sermōnibus accēnsa plēbs dictātōrī magistrum equitum imperiō aequāvit. Hanc iniūriam aequō animō tulit Fabius exercitumque suum cum Minuciō dīvīsit. Cum autem Minucius temerē proelium commīsisset, eī perīclitantī auxiliō vēnit Fabius. Cūius subitō adventū repressus Hannibal receptuī cecinit, palam cōnfessus ab sē Minucium, sē ā Fabiō victum esse. Redeuntem ex aciē dīxisse eum ferunt tandem eam nūbem, quae sedēre in iugīs montium solita esset, cum procellā imbrem dedisse. Minucius autem perīculō līberātus castra cum Fabiō iūnxit et patrem eum appellāvit idemque facere mīlitēs iussit.

Posteā Hannibal Tarentō per prōditiōnem potītus est. Hanc urbem ut Poenīs trāderent, tredecim ferē nōbilēs iuvenēs Tarentīnī coniūrāverant. Hī, nocte per speciem vēnandī urbe ēgressī, ad Hannibalem, quī haud procul castra habēbat, vēnērunt. Cuī cum quid parārent exposuissent, conlaudāvit eōs Hannibal monuitque ut redeuntēs pecora Carthāginiēnsium, quae pāstum prōpulsa essent, ad urbem agerent et velutī praedam ex hoste factam aut praefectō aut cūstōdibus portārum dōnārent. Id iterum ac saepius ab iīs factum eōque cōnsuētūdinis adducta rēs est, ut, quōcumque noctis tempore sībilō dedissent sīgnum, porta urbis aperīrētur. Tunc Hannibal eōs nocte mediā cum decem mīlibus hominum dēlēctōrum secūtus est. Ubi portae appropinquārunt, nōta iuvenum vōx et familiāre sīgnum vigilem excitāvit. Duo prīmī īnferēbant aprum vāstī corporis. Vigil incautus, dum bēluae māgnitūdinem mīrātur, vēnābulō occīsus est. Ingressī prōditōrēs cēterōs vigilēs sōpītōs obtruncant. Tum Hannibal cum suō āgmine ingreditur: Rōmānī passim trucīdantur. Līvius Salīnātor, Rōmānōrum praefectus, cum iīs, quī caedī superfuērunt, in arcem cōnfūgit.

Profectus igitur Fabius ad recipiendum Tarentum urbem obsidiōne cinxit. Leve dictū mōmentum ad rem ingentem perficiendam eum adiūvit. Praefectus praesidiī Tarentīnī dēperībat amōre mulierculae, cūius frāter in exercitū Fabiī erat. Mīles iussus ā Fabiō prō perfugā Tarentum trānsiit ac per sorōrem praefectum ad trādendam urbem perpulit. Fabius vigiliā prīmā accessit ad eam partem mūrī, quam praefectus cūstōdiēbat. Adiuvantibus recipientibusque ēius mīlitibus, Rōmānī in urbem trānscendērunt. Inde, proximā portā refrāctā, Fabius cum exercitū intrāvit. Hannibal nūntiātā Tarentī oppūgnātiōne, cum ad opem ferendam fēstīnāns captam urbem esse audīvisset, "Et Rōmānī" inquit "suum Hannibalem habent: eādem, quā cēperāmus, arte Tarentum āmīsimus."

Cum posteā Līvius Salīnātor cōram Fabiō glōriārētur, quod arcem Tarentīnam retinuisset, dīxissetque eum suā operā Tarentum recēpisse, "Certē" inquit Fabius rīdēns, "nam nisi tū āmīsissēs, ego numquam recēpissem."

Quīntus Fabius iam senex fīliō suō cōnsulī lēgātus fuit; cumque in ēius castra venīret, fīlius obviam patrī prōgressus est, duodecim līctōribus prō mōre antecēdentibus. Equō vehēbātur senex neque appropinquante cōnsule dēscendit. Iam ex līctōribus ūndecim verēcundiā paternae māiestātis tacitī praeterierant. Quod cum cōnsul animadvertisset, proximum līctōrem iussit inclāmāre Fabiō patrī ut ex equō dēscenderet. Pater tum dēsiliēns "Nōn ego, fīlī," inquit "tuum imperium contempsī, sed experīrī voluī num scīrēs cōnsulem tē esse." Ad summam senectūtem vīxit Fabius Māximus, dīgnus tantō cōgnōmine. Cautior quam prōmptior habitus est, sed īnsita ēius ingeniō prūdentia eī bellō, quod tum gerēbātur, propriē apta erat. Nēminī dubium est quīn rem Rōmānam cunctandō restituerit. Ut Scīpiō pūgnandō, ita hīc nōn dīmicandō māximē cīvitātī Rōmānae succurrisse vīsus est. Alter enim celeritāte suā Carthāginem oppressit, alter cunctātiōne id ēgit, nē Rōma opprimī posset.

XX

Lūcius Aemilius Paulus et Gāius Terentius Varrō

Hannibal in Āpūliam pervēnerat. Adversus eum Rōmā profectī sunt duo cōnsulēs, Aemilius Paulus et Terentius Varrō. Paulō Fabiī cunctātiō magis placēbat; Varrō autem, ferōx et temerārius, ācriōra sequēbātur cōnsilia. Ambō cōnsulēs ad vīcum, quī Cannae

Anulus

appellābātur, castra commūnīvērunt. Ibi deinde Varrō, invītō conlēgā, aciem īnstrūxit et sīgnum pūgnae dedit. Hannibal autem ita cōnstituerat aciem, ut Rōmānīs et sōlis radiī et ventus ab oriente pulverem adflāns adversī essent. Victus caesusque est Rōmānus exercitus; nūsquam graviōre vulnere adflīcta est rēs pūblica. Aemilius Paulus tēlīs obrutus cecidit: quem cum mediā in pūgnā sedentem in saxō opplētum cruōre cōnspexisset quīdam tribūnus mīlitum, "Cape" inquit "hunc equum et fuge, Aemilī. Etiam sine tuā morte lacrimārum satis lūctūsque est." Ad ea cōnsul: "Tū quidem macte virtūte estō! Sed cavē exiguum tempus ē manibus hostium ēvādendī perdās! Abī, nūntiā patribus ut urbem mūniant ac prius quam hostis victor adveniat, praesidiīs fīrment. Mē in hāc strāge meōrum mīlitum patere exspīrāre." Alter cōnsul cum paucīs equitibus Venusiam perfūgit. Cōnsulārēs aut praetōriī occidērunt vīgintī, senātōrēs captī aut occīsī trīgintā, nōbilēs virī trecentī, mīlitum quadrāgintā mīlia, equitum tria mīlia et quīngentī. Hannibal in tēstimōnium victōriae suae trēs modiōs aureōrum ānulōrum Carthāginem mīsit, quōs dē manibus equitum Rōmānōrum et senātōrum dētrāxerat.

Hannibalī victōrī cum cēterī grātulārentur suādērentque ut quiētem iam ipse sūmeret et fessīs mīlitibus daret, ūnus ex ēius praefectīs, Maharbal, minimē cessandum ratus, Hannibalem hortābātur ut statim Rōmam pergeret, diē quīntō victor in Capitōliō epulātūrus. Cumque Hannibal illud nōn probāsset, Maharbal "Nōn omnia nīmīrum" inquit "eīdem diī dedēre. Vincere scīs, Hannibal; victōriā ūtī nescīs." Mora hūius diēī satis crēditur salūtī fuisse urbī et imperiō. Hannibal cum victōriā posset ūtī, fruī māluit, relīctāque Rōmā in Campāniam dīvertit, cūius dēliciīs mox exercitūs ārdor ēlanguit, adeō ut vērē dictum sit Capuam Hannibalī Cannās fuisse.

Numquam tantum pavōris Rōmae fuit, quantum ubi acceptae clādis nūntius advēnit. Neque tamen ūlla pācis mentiō facta est; quīn etiam animō cīvitās adeō māgnō fuit, ut Varrōnī ex tantā clāde redeuntī obviam īrent et grātiās agerent, quod dē rē pūblicā nōn dēspērāsset: quī, sī Poenōrum dux fuisset, temeritātis poenās omnī suppliciō dedisset. Nōn autem vītae cupiditāte, sed reī pūblicae amōre sē superfuisse reliquō aetātis suae tempore approbāvit. Nam et barbam capillumque submīsit, et posteā numquam recubāns cibum cēpit; honōribus quoque, cum eī dēferrentur ā populō, renūntiāvit, dīcēns fēlīciōribus magistrātibus reī pūblicae opus esse. Dum igitur Hannibal sēgniter et ōtiōsē agēbat, Rōmānī interim respīrāre coepērunt. Arma nōn erant: dētrācta sunt templīs vetera hostium spolia. Deerat iuventūs: servī manūmissī et armātī sunt. Egēbat aerārium: opēs suās libēns senātus in medium prōtulit, nec praeter quod in bullīs singulīsque ānulīs erat quidquam sibi aurī relīquērunt. Patrum exemplum secūtī sunt equitēs imitātaeque equitēs omnēs tribūs. Dēnique vix suffēcēre tabulae, vix scrībārum manūs, cum omnēs prīvātae opēs in pūblicum dēferrentur.

Cum Hannibal redimendī suī cōpiam captīvīs Rōmānīs fēcisset, decem ex ipsīs Rōmam eā dē rē missī sunt; nec pīgnus aliud fideī ab iīs pōstulātum est, quam ut iūrārent sē, sī nōn impetrāssent, in castra esse reditūrōs. Eōs senātus nōn redimendōs cēnsuit responditque eōs cīvēs nōn esse necessāriōs, quī, cum armātī essent, capī potuissent. Ūnus ex iīs lēgātīs ē castrīs Poenōrum ēgressus, velutī aliquid oblītus, paulō post in castra erat regressus, deinde comitēs ante noctem adsecūtus erat. Is ergō, rē nōn impetrātā, domum abiit; reditū enim in castra sē līberātum esse iūreiūrandō interpretābātur. Quod ubi innōtuit, iussit senātus illum comprehendī et vinctum dūcī ad Hannibalem. Ea rēs Hannibalis audāciam māximē frēgit, quod senātus populusque Rōmānus rēbus adflīctīs tam excelsō esset animō.

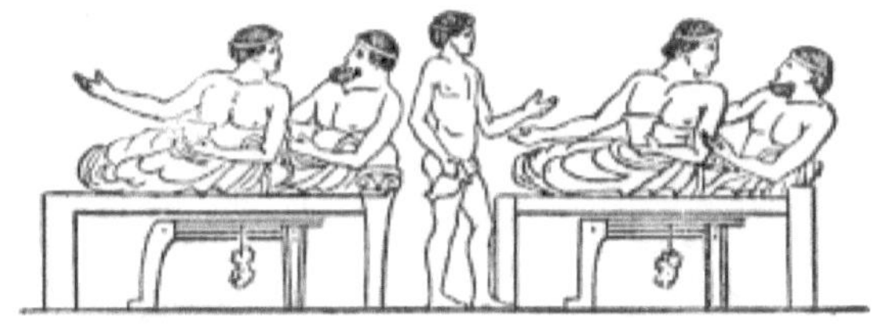

Convivium

46

Scipio

XXI
Pūblius Cornēlius Scīpiō Āfricānus

Pūblius Cornēlius Scīpiō nōndum annōs pueritiae ēgressus patrem singulārī virtūte servāvit; quī cum pūgnā apud Tīcīnum contrā Hannibalem commissā graviter vulnerātus in hostium manūs iam iam ventūrus esset, fīlius interiectō corpore Poenīs inruentibus sē opposuit et patrem perīculō līberāvit. Quae pietās Scīpiōnī posteā aedīlitātem petentī favōrem populī conciliāvit. Cum obsisterent tribūnī plēbis, negantēs ratiōnem ēius esse habendam, quod nōndum ad petendum lēgitima aetās esset, "Sī mē" inquit Scīpiō "omnēs Quirītēs aedīlem facere volunt, satis annōrum habeō." Tantō inde favōre ad suffrāgia itum est, ut tribūnī inceptō dēsisterent.

Post clādem Cannēnsem Rōmānī exercitūs reliquiae Canusium perfūgerant; cumque ibi tribūnī mīlitum quattuor essent, tamen omnium cōnsēnsū ad Pūblium Scīpiōnem, admodum adulēscentem, summa imperiī dēlāta est. Quibus cōnsultantibus nūntiat Pūblius Fūrius Philus, cōnsulāris virī fīlius, nōbilēs quōsdam iuvenēs propter dēspērātiōnem cōnsilium dē Italiā dēserendā inīre. Statim in hospitium Metellī, quī cōnspīrātiōnis erat prīnceps, sē contulit Scīpiō, et cum concilium ibi iuvenum, dē quibus adlātum erat, invēnisset, strictō super cāpita cōnsultantium gladiō, "Iūrāte" inquit "vōs neque ipsōs rem pūblicam populī Rōmānī dēsertūrōs, neque alium cīvem Rōmānum dēserere passūrōs: quī nōn iūrāverit, in sē hunc gladium strictum esse sciat." Haud secus pavidī, quam sī victōrem Hannibalem cernerent, iūrant omnēs cūstōdiendōsque sēmet ipsōs Scīpiōnī trādunt.

Cum Rōmānī duās clādēs in Hispāniā accēpissent duoque ibi summī imperātōrēs intrā diēs trīgintā cecidissent, placuit exercitum augērī eōque prōcōnsulem mittī; nec tamen quem mitterent satis cōnstābat. Eā dē rē indicta sunt comitia. Prīmō populus exspectābat ut, quī sē tantō dīgnōs imperiō crēderent, nōmina profitērentur; sed nēmō audēbat illud imperium suscipere. Maesta igitur cīvitās ac prope inops cōnsiliī comitiōrum diē in campum dēscendit. Subitō P. Cornēlius Scīpiō, quattuor et vīgintī fermē annōs nātus, professus sē petere, in superiōre, unde cōnspicī posset, locō cōnstitit. In quem postquam omnium ōra conversa sunt, ad ūnum omnēs Scīpiōnem in Hispāniā prōcōnsulem esse iussērunt. At postquam animōrum impetus resēdit, populum Rōmānum coepit factī paenitēre: aetātī Scīpiōnis māximē diffīdēbant. Quod ubi animadvertit Scīpiō, advocātā cōntiōne ita māgnō ēlātōque animō dē bellō, quod gerendum esset, disseruit, ut hominēs cūrā līberāret spēque certissimā implēret.

Profectus igitur in Hispāniam Scīpiō Carthāginem Novam, quō diē vēnit, expūgnāvit. Eō congestae erant omnēs paene Āfricae et Hispāniae opēs, ibi arma, ibi pecūnia, ibi tōtīus Hispāniae obsidēs erant: quibus omnibus potītus est Scīpiō. Inter captīvōs ad eum adducta est eximiae fōrmae adulta virgō. Quam ubi comperit inlūstrī locō inter Celtibērōs nātam prīncipīque ēius gentis adulēscentī dēspōnsam esse, arcessītīs parentibus et spōnsō eam reddidit. Parentēs virginis, quī ad eam redimendam satis māgnum aurī pondus attulerant, Scīpiōnem ōrābant ut id ā sē dōnum acciperet. Scīpiō aurum ante pedēs pōnī iūssit vocātōque ad sē virginis spōnsō, "Super dōtem" inquit "quam acceptūrus ā socerō es, haec tibi ā mē dōtālia dōna accēdent" aurumque tollere āc sibi habēre iūssit. Ille domum reversus ad referendam Scīpiōnī grātiam Celtibērōs Rōmānīs conciliāvit.

Deinde Scīpiō Hasdrubalem victum ex Hispāniā expulit. Castrīs hostium potītus omnem praedam mīlitibus concessit, captīvōs Hispānōs sine pretiō domum dīmīsit; Āfrōs vērō vēndī iussit. Erat inter eōs puer adultus rēgiī generis, fōrmā īnsīgnī: quem cum percontārētur Scīpiō quis et cūiās esset, et cūr id aetātis in castrīs fuisset, "Numida sum" inquit puer, "Massīvam populārēs vocant: orbus ā patre relīctus, apud avum māternum, Numidiae rēgem, ēducātus sum. Cum avunculō Masinissā, quī nūper subsidiō Carthāginiēnsibus vēnit, in Hispāniam trāiēcī; prohibitus propter aetātem ā Masinissā numquam ante proelium iniī. Eō diē, quō pūgnātum est cum Rōmānīs, īnsciō avunculō, clam armīs equōque sūmptō, in aciem exiī: ibi, prōlāpsō equō, captus sum ā Rōmānīs." Scīpiō eum interrogat velletne ad avunculum revertī. Cum, effūsīs gaudiō lacrimīs, id vērō sē cupere puer dīceret, tum Scīpiō puerō ānulum aureum equumque ōrnātum dōnat datīsque quī tūtō dēdūcerent equitibus dīmīsit.

Cum Pūblius Cornēlius Scīpiō sē ergā Hispānōs clēmenter gessisset, circumfūsa multitūdō eum rēgem ingentī cōnsēnsū appellāvit; at Scīpiō, silentiō per praecōnem factō, "Nōmen imperātōris" inquit, "quō mē meī mīlitēs appellārunt, mihi māximum est: rēgium nōmen, alibī māgnum, Rōmae intolerābile est. Sī id amplissimum iūdicātis, quod rēgāle est, vōbīs licet exīstimāre rēgālem in mē esse animum; sed ōrō vōs ut ā rēgis appellātiōne abstineātis." Sēnsēre etiam barbarī māgnitūdinem animī, quā Scīpiō id āspernābātur, quod cēterī mortālēs admīrantur et concupīscunt.

Scīpiō receptā Hispāniā cum iam bellum in ipsam Āfricam trānsferre meditārētur, conciliandōs prius rēgum et gentium animōs exīstimāvit. Syphācem, Maurōrum rēgem, opulentissimum tōtīus Āfricae rēgem, quem māgnō ūsuī sibi fore spērāret, prīmum tentāre statuit. Itaque lēgātum cum dōnīs ad eum mīsit C. Laelium, quōcum intimā familiāritāte vīvēbat.

Syphāx amīcitiam Rōmānōrum sē accipere adnuit, sed fidem nec dare nec accipere, nisi cum ipsō cōram duce Rōmānō, voluit. Scīpiō igitur in Āfricam trāiēcit. Forte ita incidit, ut eō ipsō tempore Hasdrubal pulsus Hispāniā ad eundem portum appelleret, Syphācis amīcitiam pariter petītūrus. Uterque ā rēge in hospitium invītātus. Cēnātum simul apud rēgem est; eōdem etiam lectō Scīpiō atque Hasdrubal accubuērunt. Tanta autem inerat cōmitās in Scīpiōne, ut nōn Syphācem modo, sed etiam hostem īnfēstissimum Hasdrubalem sibi conciliāret. Scīpiō, foedere īctō cum Syphāce, in Hispāniam ad exercitum rediit.

Masinissa quoque amīcitiam cum Scīpiōne iungere iam dūdum cupiēbat. Quārē ad eum trēs Numidārum prīncipēs mīsit ad tempus locumque conloquiō statuendum. Duōs prō obsidibus retinērī ā Scīpiōne iubet; remissō tertiō, quī Masinissam ad locum cōnstitūtum addūceret, Scīpiō et Masinissa cum paucīs in conloquium vēnērunt. Cēperat iam ante Numidam ex fāmā rērum gestārum admīrātiō virī, sed māior praesentis venerātiō cēpit: erat enim in vultū māiestās summa; accēdēbat prōmissa caesariēs habitusque corporis, nōn cultus munditiīs, sed virīlis vērē ac mīlitāris, et flōrēns iuventa. Prope attonitus ipsō congressū Numida grātiās dē fīliō frātris remissō agit: adfīrmat sē ex eō tempore eam quaesīvisse occāsiōnem, quam tandem oblātam nōn omīserit; cupere sē illī et populō Rōmānō operam nāvāre. Laetus eum Scīpiō audīvit atque in societātem recēpit.

Scīpiō deinde Rōmam rediit et ante annōs cōnsul factus est. Sicilia eī prōvincia dēcrēta est permissumque ut in Āfricam inde trāiceret. Quī cum vellet ex fortissimīs peditibus Rōmānīs trecentōrum equitum numerum complēre, nec posset illōs subitō armīs et equīs īnstruere, id prūdentī cōnsiliō perfēcit. Namque ex omnī Siciliā trecentōs iuvenēs nōbilissimōs et dītissimōs, quī equīs mīlitārent et sēcum in Āfricam trāicerent, lēgit diemque iīs ēdīxit, quā equīs armīsque īnstrūctī atque ōrnātī adessent. Gravis ea mīlitia, procul domō, terrā marīque multōs labōrēs, māgna perīcula adlātūra vidēbātur; neque ipsōs modo, sed parentēs cōgnātōsque eōrum ea cūra angēbat. Ubi diēs quae dicta erat advēnit, arma equōsque ostendērunt, sed omnēs ferē longinquum et grave bellum horrēre appārēbat. Tunc Scīpiō mīlitiam iīs sē remissūrum ait, sī arma et equōs mīlitibus Rōmānīs voluissent trādere. Laetī condiciōnem accēpērunt iuvenēs Siculī. Ita Scīpiō sine pūblicā impēnsā suōs īnstrūxit ōrnāvitque equitēs.

Tunc Scīpiō ex Siciliā in Āfricam ventō secundō profectus est tantō mīlitum ārdōre, ut nōn ad bellum dūcī vidērentur, sed ad certa victōriae praemia. Celeriter nāvēs ē cōnspectū Siciliae ablātae sunt cōnspectaque brevī Āfricae lītora. Scīpiō cum ēgrediēns ad terram nāvī prōlāpsus esset et ob hōc attonitōs mīlitēs cerneret, id, quod trepidātiōnem adferēbat, in hortātiōnem convertēns, "Āfricam oppressī" inquit, "mīlitēs!" Expositīs cōpiīs in proximīs tumulīs castra mētātus est. Ibi speculātōrēs hostium in castrīs dēprehēnsōs et ad sē perductōs nec suppliciō adfēcit nec dē cōnsiliīs ac vīribus Poenōrum percontātus est, sed circā omnēs Rōmānī exercitūs manipulōs cūrāvit dēdūcendōs; dein interrogātōs num ea satis cōnsīderāssent, quae speculārī erant iūssī, prandiō datō incolumēs dīmīsit.

Scīpiōnī in Āfricam advenientī Masinissa sē coniūnxit cum parvā equitum turmā. Syphāx vērō ā Rōmānīs ad Poenōs dēfēcerat. Hasdrubal, Poenōrum dux, Syphāxque Scīpiōnī sē opposuērunt, quī utrīusque castra ūnā nocte perrūpit et incendit. Syphāx ipse captus et vīvus ad Scīpiōnem pertrāctus est. Syphācem in castra addūcī cum esset nūntiātum, omnis velut ad spectāculum triumphī multitūdō effūsa est; praecēdēbat ipse vinctus, sequēbātur grex nōbilium Maurōrum. Movēbat omnēs fortūna virī, cūius amīcitiam ōlim Scīpiō petierat. Rēgem aliōsque captīvōs Rōmam mīsit Scīpiō; Masinissam, quī ēgregiē rem Rōmānam adiūverat, aureā corōnā dōnāvit.

Haec et aliae, quae sequēbantur, clādēs Carthāginiēnsibus tantum terrōris intulērunt, ut Hannibalem ex Ītaliā ad tuendam patriam revocārent. Frendēns gemēnsque ac vix lacrimīs temperāns is dīcitur lēgātōrum vērba audīsse mandātīsque pāruisse. Respexit saepe Ītaliae lītora, sēmet accūsāns, quod nōn victōrem exercitum statim ab Cannēnsī pūgnā Rōmam dūxisset. Zamam vēnerat Hannibal, quae urbs quīnque diērum iter ā Carthāgine abest, et nūntium ad Scīpiōnem mīsit ut conloquendī sēcum potestātem faceret. Scīpiō cum conloquium haud abnuisset, diēs locusque cōnstituitur. Itaque congressī sunt duo clārissimī suae aetātis ducēs. Stetērunt aliquamdiū tacitī mūtuāque admīrātiōne dēfīxī. Cum vērō dē condiciōnibus pācis inter eōs nōn convēnisset, ad suōs sē recēpērunt, renūntiantēs armīs dēcernendum esse. Commissō deinde proeliō Hannibal victus cum quattuor equitibus fūgit. Cēterum cōnstat utrumque dē alterō cōnfessum esse nec melius īnstruī aciem nec ācrius potuisse pūgnārī.

Carthāginiēnsēs metū perculsī ad petendam pācem ōrātōrēs mittunt trīgintā cīvitātis prīncipēs. Quī ubi in castra Rōmāna vēnērunt, veniam cīvitātī petēbant nōn culpam pūrgantēs, sed initium culpae in Hannibalem trānsferentēs. Victīs lēgēs imposuit Scīpiō. Lēgātī, cum nūllās condiciōnēs recūsārent, Rōmam profectī sunt, ut, quae ā Scīpiōne pacta essent, ea patrum ac populī auctōritāte cōnfīrmārentur. Ita pāce terrā marīque partā, Scīpiō exercitū in nāvēs impositō Rōmam revertit. Ad quem advenientem concursus ingēns factus est; effūsa nōn ex urbibus modo, sed etiam ex agrīs multitūdō viam obsidēbat. Scīpiō inter grātulantium plausūs triumphō omnium clārissimō urbem est invectus prīmusque nōmine victae ā sē gentis est nōbilitātus Āfricānusque appellātus.

Ex hīs rēbus gestīs virum eum esse virtūtis dīvīnae vulgō crēditum est. Id etiam dīcere haud piget, quod scrīptōrēs dē eō litterīs mandāvērunt, Scīpiōnem cōnsuēvisse, priusquam dīlūcēsceret, in Capitōlium ventitāre ac iubēre aperīrī cellam Iovis ibi sōlum diū dēmorārī, quasi cōnsultantem dē rē pūblicā cum Iove: aedituōsque ēius templī saepe esse mīrātōs, quod eum id temporis in Capitōlium ingredientem canēs, semper in aliōs saevientēs, nōn lātrārent. Hās vulgī dē Scīpiōne opīniōnēs cōnfīrmāre atque approbāre vidēbantur dicta factaque ēius plēraque admīranda, ex quibus est ūnum hūiuscemodī. Adsidēbat oppūgnābatque oppidum in Hispāniā, sitū moenibusque ac dēfēnsōribus validum et mūnītum, rē etiam cibāriā cōpiōsum, neque ūlla ēius potiundī spēs erat. Quōdam diē iūs in castrīs sedēns dīcēbat Scīpiō atque ex eō locō id oppidum procul vidēbātur. Tum ē mīlitibus, quī in iūre apud eum stābant, interrogāvit quispiam ex mōre in quem diem locumque vadēs sistī iubēret. Et Scīpiō manum ad ipsam oppidī, quod obsidēbātur, arcem prōtendēns, "Perendiē" inquit "sēsē sistant illō in locō," atque ita factum. Diē tertiā, in quam vadēs sistī iusserat, oppidum captum est. Eōdem diē in arce ēius oppidī iūs dīxit.

Temple of Juppiter Capitolinus

Hannibal, ā Scīpiōne victus suīsque invīsus, ad Antiochum, Syriae rēgem, cōnfūgit eumque hostem Rōmānīs fēcit. Missī sunt Rōmā lēgātī ad Antiochum, in quibus erat Scīpiō Āfricānus, quī cum Hannibale Ephesī conlocūtus ab eō quaesīvit, quem fuisse māximum imperātōrem crēderet. Respondit Hannibal Alexandrum, Macedonum rēgem, māximum sibi vidērī, quod parvā manū innumerābilēs exercitūs fūdisset. Quaerentī deinde, quem secundum pōneret, "Pyrrhum" inquit, "quod prīmus castra mētārī docuit nēmōque illō ēlegantius loca cēpit et praesidia dēposuit." Scīscitantī dēnique quem tertium dūceret, sēmet ipsum dīxit. Tum rīdēns Scīpiō "Quidnam tū dīcerēs" inquit "sī mē vīcissēs?" "Tum mē vērō" respondit Hannibal "et ante Alexandrum et ante Pyrrhum et ante omnēs aliōs imperātōrēs posuissem." Ita imprōvīsō adsentātiōnis genere Scīpiōnem ē grege imperātōrum velut inaestimābilem sēcernēbat.

Scīpiō ipse fertur quondam dīxisse, cum eum quīdam parum pūgnācem dīcerent, "Imperātōrem mē māter, nōn bellātōrem peperit." Īdem dīcere solitus est nōn sōlum dandam esse viam fugientibus, sed etiam mūniendam.

Dēcrētō adversus Antiochum bellō cum Syria prōvincia obvēnisset Lūciō Scīpiōnī, quia parum in eō putābātur esse animī, parum rōboris, senātus gerendī hūius bellī cūram mandārī volēbat conlēgae ēius C. Laeliō. Surgēns tunc Scīpiō Āfricānus, frāter māior Lūciī Scīpiōnis, illam familiae īgnōminiam dēprecātus est: dīxit in frātre suō summam esse virtūtem, summum cōnsilium sēque eī lēgātum fore prōmīsit. Quod cum ab eō esset dictum, nihil est dē Lūciī Scīpiōnis prōvinciā commūtātum: itaque frāter nātū māior minōrī lēgātus in Asiam profectus est et tam diū eum cōnsiliō operāque adiūvit, dōnec triumphum ille et cōgnōmen Asiāticī peperisset.

Eōdem bellō fīlius Scīpiōnis Āfricānī captus est et ad Antiochum dēductus. Benīgnē et līberāliter adulēscentem rēx habuit, quamquam ab ēius patre tum māximē fīnibus imperiī pellēbātur. Cum deinde pācem Antiochus ā Rōmānīs peteret, lēgātus ēius Pūblium Scīpiōnem adiit eīque fīlium sine pretiō redditūrum rēgem dīxit, sī per eum pācem impetrāsset. Cuī Scīpiō respondit "Abī, nūntiā rēgī, mē prō tantō mūnere grātiās agere; sed nunc aliam grātiam nōn possum referre, quam ut eī suādeam ut bellō absistat et pācis condiciōnem nūllam recūset." Pāx nōn convēnit; tamen Antiochus Scīpiōnī fīlium remīsit tantīque virī māiestātem venerārī quam dolōrem suum ulcīscī māluit.

Victō Antiochō cum praedae ratiō ā L. Scīpiōne repōscerētur, Āfricānus prōlātum ab eō librum, quō acceptae et expēnsae summae continēbantur et refellī inimīcōrum accūsātiō poterat, discerpsit, indīgnātus dē eā rē dubitārī, quae sub ipsō lēgātō administrāta esset. Quīn etiam hunc in modum verba fēcit: "Nōn est quod quaerātis, patrēs cōnscrīptī, num parvam pecūniam in aerārium rettulerim, quī anteā illud Pūnicō aurō replēverim, neque mea innocentia potest in dubium vocārī. Cum Āfricam tōtam potestātī vestrae subiēcerim, nihil ex eā praeter cōgnōmen rettulī. Nōn igitur mē Pūnicae, nōn frātrem meum Asiāticae gazae avārum reddidērunt; sed uterque nostrum invidiā quam pecūniā est locuplētior." Tam cōnstantem dēfēnsiōnem Scīpiōnis ūniversus senātus comprobāvit.

Deinde Scīpiōnī Āfricānō duo tribūnī plēbis diem dīxērunt, quod praedā ex Antiochō captā aerārium fraudāsset. Ubi causae dīcendae diēs vēnit, Scīpiō māgnā hominum frequentiā in Forum est dēductus. Iussus causam dīcere rōstra cōnscendit et, corōnā triumphālī capitī suō impositā, "Hōc ego diē" inquit "Hannibalem Poenum, imperiō nostrō inimīcissimum, māgnō proeliō vīcī in terrā Āfricā pācemque nōbīs et victōriam peperī īnspērābilem. Nē igitur sīmus adversus deōs ingrātī, sed cēnseō relinquāmus nebulōnēs hōs eāmusque nunc prōtinus in Capitōlium Iovī optimō māximō supplicātum." Ā rōstrīs in Capitōlium āscendit; simul sē ūniversa cōntiō ab accūsātōribus āvertit et secūta Scīpiōnem est, nec quisquam praeter praecōnem, quī reum citābat, cum tribūnīs remānsit. Celebrātior is diēs favōre hominum fuit, quam quō triumphāns dē Syphāce rēge et Carthāginiēnsibus urbem est ingressus. Inde, nē amplius tribūnīciīs iniūriīs vexārētur, in Līternīnum concessit, ubi reliquam ēgit aetātem sine urbis dēsīderiō.

Cum in Līternīnā vīllā sē continēret, complūrēs praedōnum ducēs ad eum videndum forte cōnfluxērunt. Quōs cum ad vim faciendam venīre exīstimāsset, praesidium servōrum in tēctō conlocāvit aliaque parābat, quae ad eōs repellendōs opus erant. Quod ubi praedōnēs animadvertērunt, abiectīs armīs iānuae appropinquant et clārā vōce nūntiant Scīpiōnī sē nōn vītae ēius hostēs, sed virtūtis admīrātōrēs vēnisse, cōnspectum tantī virī, quasi caeleste aliquod beneficium, expetentēs; proinde nē gravārētur sē spectandum praebēre. Haec postquam audīvit Scīpiō, forēs reserārī eōsque intrōdūcī iussit. Illī postēs iānuae tamquam religiōsissimam āram venerātī, cupidē Scīpiōnis dextram apprehendērunt ac diū deōsculātī sunt; deinde positīs ante vēstibulum dōnīs laetī, quod sibi Scīpiōnem ut vidērent contigisset, domum revertērunt. Paulō post mortuus est Scīpiō moriēnsque ab uxōre petiit nē corpus suum Rōmam referrētur.

Corona Triumphalis

XXII
Tiberius et Gāius Semprōnius Gracchus

Tiberius et Gāius Gracchī Scīpiōnis Āfricānī ex fīliā nepōtēs erant. Hōrum adulēscentia bonīs artibus et māgnā omnium spē exācta est: ad ēgregiam enim indolem optima accēdēbat ēducātiō. Erant enim dīligentiā Cornēliae mātris ā puerīs doctī et Graecīs lītterīs ērudītī. Māximum mātrōnīs ōrnāmentum esse līberōs bene īnstitūtōs meritō putābat māter illa sapientissima. Cum Campāna mātrōna, apud illam hospita, ōrnāmenta sua, illō saeculō pulcherrima, ostentāret eī muliebriter, Cornēlia trāxit eam sermōne quoūsque ē scholā redīrent līberī. Quōs reversōs hospitae ostendēns, "Haec" inquit "mea ōrnāmenta sunt." Nihil quidem hīs adulēscentibus neque ā nātūrā neque ā doctrīnā dēfuit; sed ambō rem pūblicam, quam tuērī poterant, perturbāre māluērunt.

Tiberius Gracchus, tribūnus plēbis creātus, ā senātū dēscīvit: populī favōrem profūsīs largītiōnibus sibi conciliāvit; agrōs plēbī dīvidēbat; prōvinciās novīs colōniīs replēbat. Cum autem tribūnīciam potestātem sibi prōrogārī vellet et palam dictitāsset, interēmptō senātū omnia per plēbem agī dēbēre, viam sibi ad rēgnum parāre vidēbātur. Quārē cum convocātī patrēs dēlīberārent quidnam faciendum esset, statim Tiberius Capitōlium petit, manum ad caput referēns, quō sīgnō salūtem suam populō commendābat. Hōc nōbilitās ita accēpit, quasi diadēma pōsceret, sēgniterque cessante cōnsule, Scīpiō Nāsīca, cum esset cōnsōbrīnus Tiberiī Gracchī, patriam cōgnātiōnī praeferēns sublātā dextrā prōclāmāvit: "Quī rem pūblicam salvam esse volunt, mē sequantur!" Dein optimātēs, senātus atque equestris ōrdinis pars māior in Gracchum inruunt, quī fugiēns dēcurrēnsque Clīvō Capitōlīnō fragmentō subselliī īctus vītam, quam glōriōsissimē dēgere potuerat, immātūrā morte fīnīvit. Mortuī Tiberiī corpus in flūmen prōiectum est.

Gāium Gracchum īdem furor, quī frātrem, Tiberium, occupāvit. Tribūnātum enim adeptus, seu vindicandae frāternae necis, seu comparandae rēgiae potentiae causā, pessima coepit inīre cōnsilia: māximās largītiōnēs fēcit; aerārium effūdit: lēgem dē frūmentō plēbī dīvidendō tulit: cīvitātem omnibus Ītalicīs dabat. Hīs Gracchī cōnsiliīs quantā poterant contentiōne obsistēbant omnēs bonī, in quibus māximē Pīsō, vir cōnsulāris. Is cum multa contrā lēgem frūmentāriam dīxisset, lēge tamen lātā ad frūmentum cum cēterīs accipiendum vēnit. Gracchus ubi animadvertit in cōntiōne Pīsōnem stantem, eum sīc compellāvit audiente populō Rōmānō: "Quī tibi cōnstās, Pīsō, cum eā lēge frūmentum petās, quam dissuāsistī?" Cuī Pīsō "Nōlim quidem, Gracche" inquit, "mea bona tibi virītim dīvidere liceat; sed sī faciēs, partem petam." Quō respōnsō apertē dēclārāvit vir gravis et sapiēns lēge, quam tulerat Gracchus, patrimōnium pūblicum dissipārī.

Dēcrētum ā senātū est ut vidēret cōnsul Opīmius nē quid dētrīmentī rēs pūblica caperet: quod nisi in māximō discrīmine dēcernī nōn solēbat. Gāius Gracchus, armātā familiā, Aventīnum occupāvit. Cōnsul, vocātō ad arma populō, Gāium aggressus est, quī pulsus profūgit et, cum iam comprehenderētur, iugulum servō praebuit, quī dominum et mox sēmet ipsum super dominī corpus interēmit. Ut Tiberiī Gracchī anteā corpus, ita Gāiī mīrā crūdēlitāte victōrum in Tiberim dēiectum est. Caput autem ā Septimulēiō, amīcō Gracchī, ad Opīmium relātum aurō repēnsum fertur. Sunt quī trādunt īnfūsō plumbō eum partem capitis, quō gravius efficerētur, explēsse.

Occīsō Tiberiō Gracchō cum senātus cōnsulibus mandāsset, ut in eōs, quī cum Gracchō cōnsēnserant, animadverterētur, Blosius quīdam, Tiberiī amīcus, prō sē dēprecātum vēnit, hanc, ut sibi īgnōscerētur, causam adferēns, quod tantī Gracchum fēcisset, ut, quidquid ille vellet, sibi faciendum putāret. Tum cōnsul "Quid?" inquit "sī tē Gracchus templō Iovis in Capitōliō facēs subdere iussisset, obsecūtūrusne voluntātī illīus fuissēs propter istam, quam iactās, familiāritātem?" "Numquam" inquit Blosius "voluisset id quidem, sed sī voluisset, pāruissem." Nefāria est ea vōx, nūlla enim est excūsātiō peccātī, sī amīcī causā peccāveris.

Exstat Gāiī Gracchī ē Sardiniā Rōmam reversī ōrātiō, in quā cum alia tum haec dē sē nārrat: "Versātus sum in prōvinciā, quōmodo ex ūsū vestrō exīstimābam esse, nōn quōmodo ambitiōnī meae condūcere arbitrābar. Nēmō possit vērē dīcere assem aut eō plūs in mūneribus mē accēpisse aut meā causā quemquam sūmptum fēcisse. Zōnās, quās Rōmā proficīscēns plēnās argentī extulī, eās ex prōvinciā inānēs rettulī. Aliī amphorās, quās vīnī plēnās extulērunt, eās argentō replētās domum reportārunt."

Amphorae

Triumph

XXIII
Gāius Marius

C. Marius, humilī locō nātus, mīlitiae tīrōcinium in Hispāniā duce Scīpiōne posuit. Erat imprīmīs Scīpiōnī cārus ob singulārem virtūtem et impigram ad perīcula et labōrēs alacritātem. Cum aliquandō inter cēnam Scīpiōnem quīdam interrogāsset, sī quid illī accidisset, quemnam rēs pūblica aequē māgnum habitūra esset imperātōrem, Scīpiō, percussō lēniter Mariī umerō, "Fortāsse hunc" inquit. Quō dictō excitātus Marius dīgnōs rēbus, quās posteā gessit, spīritūs concēpit.

Q. Metellum in Numidiam contrā Iugurtham missum, cūius lēgātus erat, cum ab eō Rōmam missus esset, apud populum Rōmānum crīminātus est bellum dūcere: sī sē cōnsulem fēcissent, brevī tempore aut vīvum aut mortuum Iugurtham sē in potestātem populī Rōmānī redāctūrum. Itaque creātus est cōnsul et in Metellī locum suffectus. Bellum ab illō prōsperē coeptum cōnfēcit. Iugurtha ad Gaetūlōs perfūgerat eōrumque rēgem Bocchum adversus Rōmānōs concitāverat. Marius Gaetūlōs et Bocchum aggressus fūdit; castellum in excelsā rīpā positum, ubi rēgiī thēsaurī erant, nōn sine multō labōre expūgnāvit. Bocchus, bellō dēfessus, lēgātōs ad Marium mīsit, pācem ōrantēs. Sulla quaestor, ā Mariō ad rēgem remissus, Bocchō persuāsit ut Iugurtham Rōmānīs trāderet. Iugurtha igitur vinctus ad Marium dēductus est; quem Marius triumphāns ante currum ēgit et in carcerem caenōsum inclūsit. Quō cum Iugurtha dētrāctā veste ingrederētur, ōs rīdentis in modum dīdūxisse et stupēns similisque dēsipientī exclāmāsse fertur: "Prō! quam frīgidum est vestrum balneum!" Paucīs diēbus post in carcere necātus est.

Marius post bellum Numidicum iterum cōnsul creātus bellumque eī contrā Cimbrōs et Teutonēs dēcrētum est. Hī novī hostēs, ab extrēmīs Germāniae fīnibus profugī, novās sēdēs quaerēbant, exclūsīque Galliā et Hispāniā cum in Ītaliam remigrārent, ā Rōmānīs ut aliquid sibi terrae darent petiērunt. Repulsī, quod nequīverant precibus, armīs petere cōnstituunt. Trēs ducēs Rōmānī impetūs barbarōrum nōn sustinuērunt. Omnēs fugātī, exūtī castrīs. Āctum erat dē imperiō Rōmānō, nisi Marius fuisset. Hīc prīmō Teutonēs sub ipsīs Alpium rādīcibus adsecūtus proeliō oppressit. Vallem fluviumque medium hostēs tenēbant: Rōmānīs aquārum nūlla cōpia. Aucta necessitāte virtūs causa victōriae fuit. Nam flāgitante aquam exercitū Marius "Virī" inquit "estis, ēn illīc aquam habētis." Itaque tantō ārdōre pūgnātum est eaque caedēs hostium fuit, ut Rōmānī victōrēs dē cruentō flūmine nōn plūs aquae biberent quam sanguinis barbarōrum. Caesa trāduntur hostium ducenta mīlia, capta nōnāgintā. Rēx ipse Teutobochus in proximō saltū comprehēnsus īnsīgne spectāculum triumphī fuit: quīppe vir prōcēritātis eximiae super tropaea ipsa ēminēbat.

Dēlētīs Teutonibus, C. Marius in Cimbrōs sē convertit. Quī cum ex aliā parte Ītaliam ingressī Athesim flūmen nōn ponte nec nāvibus, sed iniectīs arborum truncīs, velut aggere, trāiēcissent, occurrit iīs C. Marius. Cimbrī lēgātōs ad cōnsulem mīsērunt, agrōs urbēsque sibi et frātribus pōstulantēs, Teutonum enim clādem īgnōrābant. Quaerente Mariō quōs illī frātrēs dīcerent, cum Teutonēs nōmināssent, rīdēns Marius "Omittite" inquit "frātrēs; tenent hī acceptam ā nōbīs terram aeternumque tenēbunt." Tum lēgātī sē lūdibriō habērī sentientēs ultiōnem Mariō minātī sunt, simul atque Teutonēs advēnissent. "Atquī adsunt" inquit Marius "nec sānē cīvīle foret vōs frātribus vestrīs nōn salūtātīs discēdere." Tum vinctōs addūcī iussit Teutonum ducēs, quī in proeliō captī erant.

Hīs rēbus audītīs, Cimbrī ēgrediuntur castrīs et cum paucīs suōrum ad vāllum Rōmānum adequitāns Boiorix, Cimbrōrum dux, Marium ad pūgnam prōvocat et diem pūgnae ā Rōmānōrum imperātōre petit. Proximum dedit cōnsul. Marius cum aciem ita īnstituisset, ut pulvis in oculōs et ōra hostium ferrētur, incrēdibilī strāge prōstrāta est illa Cimbrōrum multitūdō: caesa trāduntur centum octōgintā hominum mīlia. Nec minor cum uxōribus pūgna quam cum virīs fuit, cum obiectīs undique plaustrīs, dēsuper, quasi ē turribus, lanceīs contīsque pūgnārent. Victae tamen cum missā ad Marium lēgātiōne lībertātem nōn impetrāssent, suffōcātīs ēlīsīsque īnfantibus suīs aut mūtuīs concidērunt vulneribus aut vinculō ē crīnibus suīs factō ab arboribus pependērunt. Canēs quoque dēfendēre, Cimbrīs caesīs, eōrum domōs. Marius prō duōbus triumphīs, quī offerēbantur, ūnō contentus fuit. Prīmōrēs cīvitātis, quī eī aliquamdiū ut novō hominī ad tantōs honōrēs ēvectō invīderant, cōnservātam ab eō rem pūblicam fatēbantur. In ipsā aciē Marius duās Camertium cohortēs, mīrā virtūte vim Cimbrōrum sustinentēs contrā lēgem cīvitāte dōnāverat. Quod quidem factum et vērē et ēgregiē posteā excūsāvit, dīcēns inter armōrum strepitum verba sē iūris cīvīlis exaudīre nōn potuisse.

Illā tempestāte prīmum Rōmae bellum cīvīle commōtum est. Causam bellō dedit C. Marius. Cum enim Sulla cōnsul contrā Mithridātem, rēgem Pontī, missus fuisset, Sulpicius, tribūnus plēbis, lēgem ad populum tulit ut Sullae imperium abrogārētur, C. Mariō bellum dēcernerētur Mithridāticum. Quā rē Sulla commōtus cum exercitū ad urbem vēnit, eam armīs occupāvit, Sulpicium interfēcit, Marium fugāvit. Marius hostēs persequentēs fugiēns aliquamdiū in palūde dēlituit. Sed paulō post repertus extrāctusque, ut erat nūdō corpore caenōque oblitus, iniectō in collum lōrō Minturnās raptus et in cūstōdiam coniectus est. Missus est ad eum occīdendum servus pūblicus, nātiōne Cimber, quem Marius vultūs auctōritāte dēterruit. Cum enim hominem ad sē strictō gladiō venientem vīdisset "Tūne, homō," inquit "C. Marium audēbis occīdere?" Quō audītō attonitus ille ac tremēns abiectō ferrō fūgit, Marium sē nōn posse occīdere clāmitāns. Marius deinde ab iīs, quī prius eum occīdere voluerant, ē carcere ēmissus est.

Acceptā nāviculā in Āfricam trāiēcit et in agrum Carthāginiēnsem pervēnit. Ibi cum in locīs sōlitāriīs sedēret, vēnit ad eum līctor Sextiliī praetōris, quī tum Āfricam obtinēbat. Ab hōc, quem numquam laesisset, Marius hūmānitātis tamen aliquod officium exspectābat; at līctor dēcēdere eum prōvinciā iussit, nisi in sē animadvertī vellet: torvēque intuentem et vōcem nūllam ēmittentem Marium rogāvit tandem ecquid renūntiārī praetōrī vellet? Marius "Abī" inquit, "nūntiā vīdisse tē Gāium Marium in Carthāginis ruīnīs sedentem." Duōbus clārissimīs exemplīs dē incōnstantiā rērum hūmānārum eum admonēbat, cum et urbis māximae excidium et virī clārissimī cāsum ante oculōs pōneret.

Profectō ad bellum Mithridāticum Sullā, Marius revocātus ā Cinnā in Ītaliam rediit, efferātus magis calamitāte quam domitus. Cum exercitū Rōmam ingressus eam caedibus et rapīnīs vāstāvit; omnēs adversae factiōnis nōbilēs variīs suppliciōrum generibus adfēcit: quīnque diēs continuōs totidemque noctēs illa scelerum omnium dūrāvit licentia. Hōc tempore admīranda sānē populī Rōmānī abstinentia fuit. Cum enim Marius occīsōrum domōs multitūdinī dīripiendās obiēcisset, invenīrī potuit nēmō, quī cīvīlī lūctū praedam peteret: quae quidem tam misericors continentia plēbis tacita quaedam crūdēlium victōrum vituperātiō fuit. Tandem Marius, seniō et labōribus cōnfectus, in morbum incidit et ingentī omnium laetitiā vītam fīnīvit. Cūius virī sī exāminentur cum virtūtibus vitia, haud facile sit dictū utrum bellō melior, an pāce perniciōsior fuerit: namque quam rem pūblicam armātus servāvit, eam prīmō togātus omnī genere fraudis, postrēmō armīs hostīliter ēvertit.

Erat Marius dūrior ad hūmānitātis studia et ingenuārum artium contemptor. Cum aedem Honōris dē manubiīs hostium vōvisset, sprētā peregrīnōrum marmorum nōbilitāte artificumque Graecōrum arte, eam vulgārī lapide per artificem Rōmānum cūrāvit aedificandam. Et Graecās litterās dēspiciēbat, quod doctōribus suīs parum ad virtūtem prōfuissent. At īdem fortis, validus, adversus dolōrem cōnfīrmātus. Cum eī varicēs in crūre secārentur, vetuit sē adligārī. Ācrem tamen fuisse dolōris morsum ipse ostendit: nam medicō, alterum crūs pōstulantī, nōluit praebēre, quod māiōrem esse remediī quem morbī dolōrem iūdicāret.

66

XXIV
Lūcius Cornēlius Sulla
138–78 BCE

Cornēlius Sulla cum parvulus ā nūtrīce ferrētur, mulier obvia "Salvē" inquit "puer tibi et reī pūblicae tuae fēlīx," et statim quaesīta quae haec dīxisset, nōn potuit invenīrī.

Hīc bellō Iugurthīnō quaestor Mariī fuit. Quī cum ūsque ad quaestūrae comitia vītam libīdine, vīnō, lūdicrae artis amōre inquinātam perdūxisset, C. Marius cōnsul molestē tulisse trāditur, quod sibi gravissimum bellum gerentī tam dēlicātus quaestor sorte obvēnisset. Ēiusdem tamen, postquam in Āfricam vēnit, virtūs ēnituit. Bellō Cimbricō, lēgātus cōnsulis bonam operam nāvāvit. Cōnsul ipse deinde factus, pulsō in exsilium Mariō, adversus Mithridātem profectus est. Mithridātēs enim, Ponticus rēx, vir bellō ācerrimus, virtūte eximius, odiō in Rōmānōs nōn īnferior Hannibale, occupātā Asiā necātīsque in eā omnibus cīvibus Rōmānīs, quōs quidem eādem diē atque hōrā per omnēs cīvitātēs interimī iusserat, Eurōpae quoque Ītaliaeque imminēre vidēbātur. Ac prīmō Sulla illīus praefectōs duōbus proeliīs in Graeciā prōflīgāvit; dein trānsgressus in Asiam Mithridātem ipsum fūdit; et oppressisset, nisi ad bellum cīvīle adversus Marium fēstīnāns quālemcumque pācem compōnere māluisset. Mithridātem tamen pecūniā multāvit; Asiā aliīsque prōvinciīs, quās occupāverat, dēcēdere paternīsque fīnibus contentum esse coēgit.

Sulla propter mōtūs urbānōs cum victōre exercitū Rōmam properāvit; eōs, quī Mariō favēbant, omnēs superāvit. Nihil autem eā victōriā fuit crūdēlius. Sulla, urbem ingressus et dictātor creātus, vel in eōs, quī sē sponte dēdiderant, iussit animadvertī. Quattuor mīlia dēditōrum inermium cīvium in Circō interficī iussit. Quis autem illōs potest computāre, quōs in urbe passim, quisquis voluit, occīdit, dōnec admonēret Fūfidius quīdam vīvere aliquōs dēbēre, ut essent, quibus imperāret. Novō et inaudītō exemplō tabulam prōscrīptiōnis prōposuit, quā nōmina eōrum, quī occīdendī essent, continēbantur; cumque omnium orta esset indīgnātiō, postrīdiē plūra etiam adiēcit nōmina. Ingēns caesōrum fuit multitūdō. Nec sōlum in eōs saevīvit, quī armīs contrā sē dīmicāvissent, sed etiam quiētī animī cīvēs propter pecūniae māgnitūdinem prōscrīptōrum numerō adiēcit. Cīvis quīdam innoxius, cuī fundus in agrō Albānō erat, cum legēns prōscrīptōrum nōmina sē quoque vidēret āscrīptum, "Vae" inquit "miserō mihi! mē fundus Albānus persequitur." Neque longē prōgressus ā quōdam, quī eum āgnōverat, cōnfossus est.

Dēpulsīs prōstrātīsque inimīcōrum partibus Sulla Fēlīcem sē ēdictō appellāvit, cumque ēius uxor geminōs eōdem tunc partū ēdidisset, puerum Faustum puellamque Faustam nōminārī voluit. Sed paucīs annīs post repente contrā omnium exspectātiōnem dictātūram dēposuit. Dīmissīs līctōribus diū in Forō cum amīcīs deambulāvit. Stupēbat populus eum prīvātum vidēns, cūius modo tam formīdolōsa fuerat potestās; quodque nōn minus mīrandum fuit, prīvātō eī nōn sōlum salūs, sed etiam dīgnitās cōnstitit, quī cīvēs innumerōs occīderat. Ūnus adulēscēns fuit, quī audēret querī et recēdentem ūsque ad forēs domūs maledictīs incessere. Atque ille, cūius īram potentissimī virī māximaeque cīvitātēs nec effugere nec plācāre potuerant, ūnīus adulēscentulī contumēliās patientī animō tulit, id tantum in līmine iam dīcēns: "Hīc adulēscēns efficiet nē quis posthāc tāle imperium dēpōnat."

Sulla deinde in vīllam profectus rūsticārī et vēnandō vītam agere coepit. Ibi morbō correptus interiit, vir ingentis animī, cupidus voluptātum, sed glōriae cupidior; lītterīs Graecīs atque Latīnīs ērudītus et virōrum lītterātōrum adeō amāns, ut sēdulitātem etiam malī cūiusdam poētae aliquō praemiō dīgnam dūxerit: nam cum ille epigramma in eum fēcisset eīque subiēcisset, Sulla statim praemium eī darī iussit, sed eā lēge, nē quid posteā scrīberet. Ante victōriam laudandus, in iīs vērō, quae secūta sunt, numquam satis vituperandus, urbem enim et Ītaliam cīvīlis sanguinis flūminibus inundāvit. Nōn sōlum in vīvōs saeviit, sed nē mortuīs quidem pepercit: nam Gāī Mariī, cūius, etsī posteā hostis, aliquandō tamen quaestor fuerat, ērutōs cinerēs in flūmen prōiēcit. Quā crūdēlitāte rērum praeclārē gestārum glōriam corrūpit.

Villa

XXV
Lūcius Licinius Lūcullus
118–56 BCE

Lūcius Lūcullus ingeniō, doctrīnā, virtūte fuit īnsīgnis. In Asiam quaestor profectus ibi per multōs annōs admīrābilī quādam laude prōvinciae praefuit, deinde absēns factus aedīlis, continuō praetor, inde ad cōnsulātum prōmōtus est, quem ita gessit, ut omnēs dīligentiam admīrārentur, ingenium āgnōscerent. Post ad Mithridāticum bellum missus ā senātū nōn modo opīniōnem vīcit omnium, sed etiam glōriam superiōrum ducum. Idque eō fuit mīrābilius, quod ab eō laus imperātōria nōn admodum exspectābātur, quī adulēscentiam in forēnsī operā, quaestūrae diuturnum tempus in Asiae pāce cōnsūmpserat; sed incrēdibilis quaedam ingeniī māgnitūdō nōn dēsīderāvit ūsūs dīsciplīnam. Itaque cum tōtum iter et nāvigātiōnem cōnsūmpsisset partim in percontandō ā perītīs, partim in rēbus gestīs legendīs, in Asiam factus imperātor vēnit, cum esset Rōmā profectus reī mīlitāris rudis.

Lūcullus eō bellō māgnās ac memorābilēs rēs gessit; Mithridātem saepe multīs locīs fūdit; Tigrānem, rēgum māximum, in Armeniā vīcit, ultimamque bellō manum magis nōluit impōnere, quam nōn potuit; sed alioquī per omnia laudābilis et bellō paene invictus pecūniae cupīdinī nimium dēditus fuit; quam tamen ideō expetēbat, ut per lūxuriam effunderet. Itaque postquam dē Mithridāte triumphāvit, abiectā omnium rērum cūrā coepit dēlicātē ac molliter vīvere ōtiōque et lūxū diffluere: māgnificē et immēnsō sūmptū vīllās aedificāvit atque ad eōrum ūsum mare ipsum vexāvit. Nam in quibusdam locīs mōlēs marī iniēcit; in aliīs, suffossīs montibus, mare in terrās indūxit, unde eum haud īnfacētē Pompēius Xerxem togātum vocāre adsuēverat.

Habēbat Lūcullus vīllam prōspectū et ambulātiōne pulcherrimam. Quō cum vēnisset Pompēius, id ūnum reprehendit, quod ea habitātiō esset quidem aestāte peramoena, sed hieme minus commoda vidērētur; cuī Lūcullus "Putāsne" inquit "mē minus sapere quam hirundinēs, quae adveniente hieme sēdem commūtant?" Vīllārum māgnificentiae respondēbat epulārum sūmptus. Cum aliquandō modica eī, utpote sōlī, cēna esset posita, coquum graviter obiūrgāvit, eīque excūsantī ac dīcentī sē nōn dēbuisse lautum parāre convīvium, quod nēmō esset ad cēnam invītātus, "Quid ais?" inquit īrātus Lūcullus. "Nesciēbāsne Lūcullum hodiē cēnātūrum esse apud Lūcullum?"

Laudanda est Lūcullī impēnsa et studium in librīs. Nam et multōs et optimōs conquīsīvit eōsque līberāliter dedit ūtendōs. Patēbat omnibus bibliothēca, et in porticūs eī adiectās velut ad Mūsārum aedem veniēbant māximē Graecī tempusque ibi iūcundē inter sē trādūcēbant ab aliīs cūrīs līberī. Saepe cum iīs versābātur Lūcullus et inter māgnam doctōrum virōrum turbam ambulābat.

XXVI
Gnaeus Pompēius Magnus
106–48 BCE

Gnaeus Pompēius, stirpis senātōriae, bellō cīvīlī sē et patrem cōnsiliō servāvit. Cum enim Pompēī pater exercituī suō ob avāritiam esset invīsus, factā in eum cōnspīrātiōne, Terentius quīdam, Gnaeī Pompēī fīliī contubernālis, hunc occīdendum suscēpit, dum aliī tabernāculum patris incenderent. Quae rēs cum iuvenī Pompēiō cēnantī nūntiāta esset, nihil perīculō mōtus solitō

Pompey

hilarius bibit et cum Terentiō eādem, quā anteā, cōmitāte ūsus est. Deinde cubiculum ingressus clam subdūxit sē tentōriō et fīrmam patrī circumdedit cūstōdiam. Terentius tum dēstrictō ēnse ad lectum Pompēī accessit multīsque īctibus strāgula percussit. Ortā mox sēditiōne Pompēius sē in media coniēcit āgmina, mīlitēsque tumultuantēs precibus et lacrimīs plācāvit ac ducī reconciliāvit.

Eōdem bellō Pompēius partēs Sullae secūtus ita sē gessit ut ab eō māximē dīligerētur. Annōs trēs et vīgintī nātus, ut Sullae auxiliō venīret, paternī exercitūs reliquiās conlēgit, statimque dux perītus exstitit. Māgnus illīus apud mīlitem amor, māgna apud omnēs admīrātiō fuit; nūllus eī labor taediō, nūlla dēfatīgātiō molestiae erat. Cibī vīnīque temperāns, somnī parcus; inter mīlitēs corpus exercēns cum alacribus saltū, cum vēlōcibus cursū, cum validīs luctandō certābat. Tum ad Sullam iter intendit et in eō itinere trēs hostium exercitūs aut fūdit aut sibi adiūnxit. Quem ubi Sulla ad sē accēdere audīvit ēgregiamque sub sīgnīs iuventūtem āspexit, dēsiliit ex equō Pompēiumque salūtāvit imperātōrem et posteā eī venientī solēbat sellā adsurgere et caput aperīre et equō dēscendere, quem honōrem nēminī nisi Pompēiō tribuēbat.

Posteā Pompēius in Siciliam profectus est, ut eam ā Carbōne, Sullae inimīcō, occupātam reciperet. Carbō comprehēnsus et ad Pompēium ductus est: quem Pompēius, etsi Carbō muliebriter mortem extimēscēns dēmissē et flēbiliter mortem dēprecābātur, ad supplicium dūcī iussit. Longē moderātior fuit Pompēius ergā Sthenium, Siciliae cūiusdam cīvitātis prīncipem. Cum enim in eam cīvitātem animadvertere dēcrēvisset, quae sibi adversāta fuisset, inīquē eum factūrum Sthenius exclāmāvit, sī ob ūnīus culpam omnēs pūnīret. Interrogantī Pompēiō quisnam ille ūnus esset, "Ego" inquit Sthenius "quī cīvēs meōs ad id indūxī." Tam līberā vōce dēlectātus Pompēius omnibus et Stheniō ipsī pepercit.

Trānsgressus inde in Āfricam Iarbam, Numidiae rēgem, quī Mariī partibus favēbat, bellō persecūtus intrā diēs quadrāgintā oppressit et Āfricam subēgit adulēscēns quattuor et vīgintī annōrum. Deinde cum litterae eī ā Sullā redditae essent, quibus exercitū dīmissō cum ūnā legiōne successōrem exspectāre iubēbātur, Pompēius, quamquam aegrē id ferēbat, tamen pāruit et Rōmam revertit. Revertentī incrēdibilis hominum multitūdō obviam īvit; Sulla quoque laetus eum excēpit et Māgnī cōgnōmine cōnsalūtāvit. Nihilō minus Pompēiō triumphum petentī restitit: neque vērō eā rē ā prōpositō dēterritus est Pompēius aususque dīcere plūrēs adōrāre sōlem orientem quam occidentem: quō dictō innuēbat Sullae potentiam minuī, suam crēscere. Eā vōce audītā Sulla, cōnfīdentiā adulēscentis perculsus, "Triumphet! triumphet!" exclāmāvit.

Metellō iam senī et bellum in Hispāniā sēgnius gerentī conlēga datus Pompēius adversus Sertōrium variō ēventū dīmicāvit. Māximum ibi in proeliō quōdam perīculum subiit: cum enim vir vāstā corporis māgnitūdine impetum in eum fēcisset, Pompēius manum amputāvit; sed multīs in eum concurrentibus vulnus in femore accēpit et ā suīs fugientibus dēsertus in hostium potestāte erat. At praeter spem ēvāsit: barbarī enim equum ēius aurō phalerīsque eximiīs īnstrūctum cēperant. Dum igitur praedam inter sē altercantēs partiuntur, Pompēius eōrum manūs effūgit. Alterō proeliō cum Metellus Pompēiō labōrantī auxiliō vēnisset, Sertōrius recēdere coāctus dīxisse fertur: "Nisi anus illa supervēnisset, ego hunc puerum verberibus castīgātum Rōmam dīmīsissem." Metellum anum appellābat, quia is, iam senex, ad mollem et effēminātam vītam dēflexerat. Sertōriō interfectō Pompēius Hispāniam recēpit.

Cum pīrātae illā tempestāte maria omnia īnfēstārent et quāsdam etiam Ītaliae urbēs dīripuissent, ad eōs opprimendōs cum imperiō extraōrdināriō missus est Pompēius. Nimiae virī

Piratae

potentiae obsistēbant quīdam ex optimātibus et imprīmīs Quīntus Catulus. Quī cum in cōntiōne dīxisset esse quidem praeclārum virum Cn. Pompēium, sed nōn esse ūnī omnia tribuenda, adiēcissetque: "Sī quid huīc acciderit, quem in ēius locum substituētis?" summō cōnsēnsū succlāmāvit ūniversa cōntiō, "Tē, Quīnte Catule." Tam honōrificō cīvium tēstimōniō victus Catulus ē cōntiōne discessit. Pompēius, dispositīs per omnēs maris recessūs nāvibus, brevī terrārum orbem illā pēste līberāvit; praedōnēs multīs locīs victōs fūdit; eōsdem in dēditiōnem acceptōs in urbibus et agrīs procul ā marī conlocāvit. Nihil hāc victōriā celerius, nam intrā quadrāgēsimum diem pīrātās tōtō marī expulit.

Cōnfectō bellō pīrāticō, Gnaeus Pompēius contrā Mithridātem profectus in Asiam māgnā celeritāte contendit. Proelium cum rēge cōnserere cupiēbat, neque opportūna dabātur pūgnandī facultās, quia Mithridātēs interdiū castrīs sē continēbat, noctū vērō haud tūtum erat congredī cum hoste in locīs īgnōtīs. Nocte tamen aliquandō cum Pompēius Mithridātem aggressus esset, lūna māgnō fuit Rōmānīs adiūmentō. Quam cum Rōmānī ā tergō habērent, umbrae corporum longius prōiectae ad prīmōs ūsque hostium ōrdinēs pertinēbant, unde dēceptī rēgiī mīlitēs in umbrās, tamquam in propinquum hostem, tēla mittēbant. Victus Mithridātēs in Pontum profūgit. Pharnacēs fīlius bellum eī intulit, quī, occīsīs ā patre frātribus, vītae suae ipse timēbat. Mithridātēs ā fīliō obsessus venēnum sūmpsit; quod cum tardius subīret, quia adversus venēna multīs anteā medicāmentīs corpus fīrmāverat, ā mīlite Gallō, ā quō ut adiuvāret sē petierat, interfectus est.

Tigrānī deinde, Armeniae rēgī, quī Mithridātis partēs secūtus erat, Pompēius bellum intulit eumque ad dēditiōnem compulit. Quī cum prōcubuisset ad genua Pompēī, eum ērēxit, et benīgnīs verbīs recreātum diadēma, quod abiēcerat, capitī repōnere iussit, aequē pulchrum esse iūdicāns et vincere rēgēs et facere. Inde in Iūdaeam profectus Rōmānōrum prīmus Iūdaeōs domuit, Hierosolyma, caput gentis, cēpit, templumque iūre victōriae ingressus est. Rēbus Asiae compositīs, in Italiam versus ad urbem vēnit, nōn, ut plērīque timuerant, armātus, sed dīmissō exercitū, et tertium triumphum bīduō dūxit. Īnsīgnis fuit multīs novīs inūsitātīsque ōrnāmentīs hīc triumphus; sed nihil inlūstrius vīsum, quam quod tribus triumphīs trēs orbis partēs dēvictae causam praebuerant: Pompēius enim, quod anteā contigerat nēminī, prīmum ex Āfricā, iterum ex Eurōpā, tertiō ex Asiā triumphāvit, fēlīx opīniōne hominum futūrus, sī, quem glōriae, eundem vītae fīnem habuisset neque adversam fortūnam esset expertus iam senex.

Posteriōre enim tempore ortā inter Pompēium et Caesarem gravī dissēnsiōne, quod hīc superiōrem, ille parem ferre nōn posset, bellum cīvīle exārsit. Caesar īnfēstō exercitū in Ītaliam vēnit. Pompēius, relīctā urbe ac deinde Ītaliā ipsā, Thessaliam petit et cum eō cōnsulēs senātusque omnis: quem īnsecūtus Caesar apud Pharsālum aciē fūdit. Victus Pompēius ad Ptolemaeum, Aegyptī rēgem, cuī tūtor ā senātū datus erat, profūgit, quī Pompēium interficī iussit. Latus Pompēī sub oculīs uxōris et līberōrum mūcrōne cōnfossum est, caput praecīsum, truncus in Nīlum coniectus. Deinde caput cum ānulō ad Caesarem dēlātum est, quī eō vīsō lacrimās nōn continēns illud multīs pretiōsissimīsque odōribus cremandum cūrāvit.

Is fuit Pompēī post trēs cōnsulātūs et totidem triumphōs vītae exitus. Erant in Pompēiō multae et māgnae virtūtēs ac praecipuē admīranda frūgālitās. Cum eī aegrōtantī praecēpisset medicus ut turdum ederet, negārent autem servī eam avem ūsquam aestīvō tempore posse reperīrī, nisi apud Lūcullum, quī turdōs domī sagīnāret, vetuit Pompēius turdum inde petī, medicōque dīxit: "Ergō, nisi Lūcullus perditus dēliciīs esset, nōn vīveret Pompēius?" Aliam avem, quae parābilis esset, sibi iussit appōnī.

Virīs doctīs māgnum honōrem habēbat Pompēius. Ex Syriā dēcēdēns, cōnfectō bellō Mithridāticō, cum Rhodum vēnisset, Posīdōnium cupiit audīre; sed cum audīvisset eum graviter esse aegrum, quod vehementer ēius artūs labōrārent, voluit tamen nōbilissimum philosophum vīsere. Mōs erat ut, cōnsule aedēs aliquās ingressūrō, līctor forēs percuteret, admonēns cōnsulem adesse, at Pompēius forēs Posīdōniī percutī honōris causā vetuit. Quem ut vīdit et salūtāvit, molestē sē dīxit ferre, quod eum nōn posset audīre. At ille "Tū vērō" inquit "potes, nec committam ut dolor corporis efficiat ut frūstrā tantus vir ad mē vēnerit." Itaque cubāns graviter et cōpiōsē dē hōc ipsō disputāvit: nihil esse bonum nisi quod honestum esset, nihil malum dīcī posse, quod turpe nōn esset. Cum vērō dolōrēs ācriter eum pungerent, saepe "Nihil agis," inquit "dolor! quamvīs sīs molestus, numquam tē esse malum cōnfitēbor."

Diadema

XXVII
Gāius Iūlius Caesar
100–44 BCE

Caesar

C. Iūlius Caesar, nōbilissimā Iūliōrum genitus familiā, annum agēns sextum et decimum patrem āmīsit. Cornēliam, Cinnae fīliam, dūxit uxōrem; cūius pater cum esset Sullae inimīcissimus, is Caesarem voluit compellere ut eam repudiāret; neque id potuit efficere. Quā rē Caesar bonīs spoliātus cum etiam ad necem quaererētur, mūtātā veste nocte urbe ēlāpsus est et quamquam tunc quārtānae morbō labōrābat, prope per singulās noctēs latebrās commūtāre cōgēbātur; et comprehēnsus ā Sullae lībērtō, nē ad Sullam perdūcerētur, vix datā pecūniā ēvāsit. Postrēmō per propinquōs et adfīnēs suōs veniam impetrāvit. Satis cōnstat Sullam, cum dēprecantibus amīcissimīs et ōrnātissimīs virīs aliquamdiū dēnegāsset atque illī pertināciter contenderent, expūgnātum tandem prōclāmāsse, vincerent, dummodo scīrent eum, quem incolumem tantō opere cuperent, aliquandō optimātium partibus, quās sēcum simul dēfendissent, exitiō futūrum; nam Caesarī multōs Mariōs inesse.

Stīpendia prīma in Asiā fēcit. In expūgnātiōne Mitylēnārum corōnā cīvicā dōnātus est. Mortuō Sullā, Rhodum sēcēdere statuit, ut per otium Apollōniō Molōnī, tunc clārissimō dīcendī magistrō, operam daret. Hūc dum trāicit, ā praedōnibus captus est mānsitque apud eōs prope quadrāgintā diēs. Per omne autem illud spatium ita sē gessit, ut pīrātīs pariter terrōrī venerātiōnīque esset. Comitēs interim servōsque ad expediendās pecūniās, quibus redimerētur, dīmīsit. Vīgintī talenta pīrātae pōstulāverant: ille quīnquāgintā datūrum sē spopondit. Quibus numerātīs cum expositus esset in lītore, cōnfēstim Mīlētum, quae urbs proximē aberat, properāvit ibique contrāctā classe invectus in eum locum, in quō ipsī praedōnēs erant, partem classis fugāvit, partem mersit, aliquot nāvēs cēpit pīrātāsque in potestātem redāctōs eō suppliciō, quod illīs saepe minātus inter iocum erat, adfēcit crucīque suffīxit.

Quaestōrī ūlterior Hispānia obvēnit. Quō profectus cum Alpēs trānsīret et ad cōnspectum pauperis cūiusdam vīcī comitēs per iocum inter sē disputārent num illīc etiam esset ambitiōnī locus, sēriō dīxit Caesar mālle sē ibi prīmum esse, quam Rōmae secundum. Dominātiōnis avidus ā prīmā aetāte rēgnum concupīscēbat semperque in ōre habēbat hōs Eurīpidis, Graecī poētae, versūs:

Nam sī violandum est iūs, rēgnandī grātiā
Violandum est. Aliīs rēbus pietātem colās.

Cumque Gadēs, quod est Hispāniae oppidum, vēnisset, animadversā apud Herculis templum māgnī Alexandrī imāgine ingemuit et quasi pertaesus īgnāviam suam, quod nihildum ā sē memorābile āctum esset in eā aetāte, quā iam Alexander orbem terrārum subēgisset, missiōnem continuō efflāgitāvit ad captandās quam prīmum māiōrum rērum occāsiōnes in urbe.

Aedīlis praeter comitium ac Forum etiam Capitōlium ōrnāvit porticibus. Vēnātiōnes autem lūdōsque et cum conlēgā M. Bibulō et sēparātim ēdidit: quō factum est ut commūnium quoque impēnsārum sōlus grātiam caperet. Hīs autem rēbus patrimōnium effūdit tantumque cōnflāvit aes aliēnum, ut ipse dīceret sibi opus esse mīlliēs sēstertium, ut habēret nihil.

Cōnsul deinde creātus cum M. Bibulō, societātem cum Gnaeō Pompēiō et Marcō Crassō iūnxit Caesar, nē quid agerētur in rē pūblicā, quod displicuisset ūllī ex tribus. Deinde lēgem tulit ut ager Campānus plēbī dīvīderētur. Cui lēgī cum senātus repūgnāret, rem ad populum dētulit. Bibulus conlēga in Forum vēnit, ut lēgī obsisteret, sed tanta in eum commōta est sēditiō, ut in caput ēius cophinus stercore plēnus effunderētur fascēsque eī frangerentur atque adeō ipse armīs Forō expellerētur. Quā rē cum Bibulus per reliquum annī tempus domō abditus Cūriā abstinēret, ūnus ex eō tempore Caesar omnia in rē pūblicā ad arbitrium administrābat, ut nōnnūllī urbānōrum, sī quid tēstandī grātiā sīgnārent, per iocum nōn, ut mōs erat, 'cōnsulibus Caesare et Bibulō' āctum scrīberent, sed 'Iūliō et Caesare,' ūnum cōnsulem nōmine et cōgnōmine prō duōbus appellantēs.

Fūnctus cōnsulātū Caesar Galliam prōvinciam accēpit. Gessit autem novem annīs, quibus in imperiō fuit, haec ferē: Galliam in prōvinciae fōrmam redēgit; Germānōs, quī trāns Rhēnum incolunt, prīmus Rōmānōrum ponte fabricātō aggressus māximīs adfēcit clādibus. Aggressus est Britannōs, īgnōtōs anteā, superātīsque pecūniās et obsidēs imperāvit. Hīc cum multa Rōmānōrum mīlitum īnsīgnia nārrantur, tum illud ēgregium ipsīus Caesaris, quod, nūtante in fugam exercitū, raptō fugientis ē manū scūtō in prīmam volitāns aciem proelium restituit. Īdem aliō proeliō legiōnis aquiliferum ineundae fugae causā iam conversum faucibus comprehēnsum in contrāriam partem dētrāxit dextramque ad hostem tendēns "Quōrsum tū" inquit "abīs? Illīc sunt, cum quibus dīmicāmus." Quā adhortātiōne omnium legiōnum trepidātiōnem corrēxit vincīque parātās vincere docuit.

Interfectō intereā apud Parthōs Crassō et dēfūnctā Iūliā, Caesaris fīliā, quae, nūpta Pompēiō, generī socerīque concordiam tenēbat, statim aemulātiō ērūpit. Iam prīdem Pompēiō sūspectae Caesaris opēs et Caesarī Pompēiāna dīgnitās gravis, nec hīc ferēbat parem, nec ille superiōrem. Itaque cum

Caesar in Galliā dētinērētur, et, nē imperfectō bellō discēderet, pōstulāsset ut sibi licēret, quamvīs absentī, alterum cōnsulātum petere, ā senātū, suādentibus Pompēiō ēiusque amīcīs, negātum eī est. Hanc iniūriam acceptam vindicātūrus in Ītaliam rediit et bellandum ratus cum exercitū Rubicōnem flūmen, quī prōvinciae ēius fīnis erat, trānsiit. Hōc ad flūmen paulum cōnstitisse fertur ac reputāns quantum mōlīrētur, conversus ad proximōs, "Etiamnunc" inquit "regredī possumus; quod sī ponticulum trānsierimus, omnia armīs agenda erunt." Postrēmō autem "Iacta ālea estō!" exclāmāns exercitum trāicī iussit plūrimīsque urbibus occupātīs Brundisium contendit, quō Pompēius cōnsulēsque cōnfūgerant.

Quī cum inde in Ēpīrum trāiēcissent, Caesar, eōs secūtus ā Brundisiō, Dyrrachium inter oppositās classēs gravissimā hieme trānsmīsit; cōpiīsque quās subsequī iusserat diūtius cessantibus, cum ad eās arcessendās frūstrā mīsisset, mīrae audāciae facinus ēdidit. Morae enim impatiēns castrīs noctū ēgreditur, clam nāviculam cōnscendit, obvolūtō capite, nē āgnōscerētur, et quamquam mare saevā tempestāte intumēscēbat, in altum tamen prōtinus dīrigī nāvigium iubet et, gubernātōre trepidante, "Quid timēs?" inquit "Caesarem vehis!" neque prius gubernātōrem cēdere adversae tempestātī passus est, quam paene obrutus esset fluctibus.

Deinde Caesar in Ēpīrum profectus Pompēium Pharsālicō proeliō fūdit, et fugientem persecūtus, ut occīsum cōgnōvit, Ptolemaeō rēgī, Pompēiī interfectōrī, ā quō sibi quoque īnsidiās tendī vidēret, bellum intulit; quō victō in Pontum trānsiit Pharnacemque, Mithridātis fīlium, rebellantem et multiplicī successū praeferōcem intrā quīntum ab adventū diem, quattuor, quibus in cōnspectum vēnit, hōrīs ūnā prōflīgāvit aciē, mōre fulminis, quod ūnō eōdemque mōmentō vēnit, percussit, abscessit. Nec vāna dē sē praedicātiō est Caesaris ante victum hostem esse quam vīsum. Ponticō posteā triumphō trium verbōrum praetulit titulum: "Vēnī, vīdī, vīcī." Deinde Scīpiōnem et Iubam, Numidiae rēgem, reliquiās Pompēiānārum partium in Āfricā refoventēs, dēvīcit.

Victōrem Āfricānī bellī Gāium Caesarem gravius excēpit Hispāniēnse, quod Cn. Pompēius, Māgnī fīlius, adulēscēns fortissimus, ingēns ac terribile cōnflāverat, undique ad eum auxiliīs paternī nōminis māgnitūdinem sequentium ex tōtō orbe cōnfluentibus. Sua Caesarem in Hispāniam comitāta fortūna est: sed nūllum umquam atrōcius perīculōsiusque ab eō initum proelium, adeō ut, plūs quam dubiō Mārte, dēscenderet equō cōnsistēnsque ante recēdentem suōrum aciem increpāns fortūnam, quod sē in eum servāsset exitum, dēnūntiāret mīlitibus vēstīgiō sē nōn recessūrum; proinde vidērent, quem et quō locō imperātōrem dēsertūrī essent. Verēcundiā magis quam virtūte aciēs restitūta est. Cn. Pompēius victus et interēmptus est. Caesar, omnium victor, regressus in urbem omnibus, quī contrā sē arma tulerant, īgnōvit et quīnquiēs triumphāvit.

Bellīs cīvīlibus cōnfectīs, conversus iam ad ōrdinandum reī pūblicae statum fāstōs corrēxit annumque ad cursum sōlis accommodāvit, ut trecentōrum sexāgintā quīnque diērum esset et, intercalāriō mēnse sublātō, ūnus diēs quārtō quōque annō intercalārētur. Iūs labōriōsissimē ac sevērissimē dīxit. Repetundārum convictōs etiam ōrdine senātōriō mōvit. Peregrīnārum mercium portōria īnstituit: lēgem praecipuē sūmptuāriam exercuit. Dē ōrnandā īnstruendāque urbe, item dē tuendō ampliandōque imperiō plūra ac māiōra in diēs dēstinābat: imprīmīs iūs cīvīle ad certum modum redigere atque ex immēnsā lēgum cōpiā optima quaeque et necessāria in paucissimōs cōnferre librōs; bibliothēcās Graecās et Latīnās, quās māximās posset, pūblicāre; siccāre Pomptīnās palūdēs: viam munīre ā Marī Superō per Apennīnī dorsum ad Tiberim ūsque: Dācōs, quī sē in Pontum effūderant, coercēre: mox Parthīs bellum īnferre per Armeniam.

Haec et alia agentem et meditantem mors praevēnit. Dictātor enim in perpetuum creātus agere īnsolentius coepit: senātum ad sē venientem sedēns excēpit et quendam, ut adsurgeret monentem, īrātō vultū respexit. Cum Antōnius, Caesaris in omnibus bellīs comes et tunc cōnsulātūs conlēga, capitī ēius in sellā aureā sedentis prō rōstrīs diadēma, īnsīgne rēgium, imposuisset, id ita ab eō est repulsum, ut nōn offēnsus vidērētur. Quārē coniūrātum in eum est ā sexāgintā amplius virīs, Cassiō et Brūtō ducibus cōnspīrātiōnis, dēcrētumque eum Īdibus Mārtiīs in senātū cōnfodere.

Plūrima indicia futūrī perīculī obtulerant diī immortālēs. Uxor Calpurnia, territa nocturnō vīsū, ut Īdibus Mārtiīs domī subsisteret ōrābat et Spūrinna harūspex praedīxerat ut proximōs diēs trīgintā quasi fātālēs cavēret, quōrum ultimus erat Īdūs Mārtiae. Hōc igitur diē Caesar Spūrinnae "Ecquid scīs" inquit "Īdūs Mārtiās iam vēnisse?" et is "Ecquid scīs illās nōndum praeterīsse?" Atque cum Caesar eō diē in senātum vēnisset, adsīdentem cōnspīrātī speciē officiī circumstetērunt īlicōque ūnus, quasi aliquid rogātūrus, propius accessit renuentīque ab utrōque umerō togam apprehendit. Deinde clāmantem "Ista quidem vīs est!" Casca, ūnus ē coniūrātīs, adversum vulnerat paulum īnfrā iugulum. Caesar Cascae bracchium adreptum graphiō trāiēcit cōnātusque prōsilīre aliō vulnere tardātus est. Dein ut animadvertit undique sē strictīs pugiōnibus petī, togā caput obvolvit et ita tribus et vīgintī plāgīs cōnfossus est. Cum Mārcum Brūtum, quem fīliī locō habēbat in sē inruentem vīdisset, dīxisse fertur: "Tū quoque, mī fīlī!"

Illud inter omnēs ferē cōnstitit tālem eī mortem paene ex sententiā obtigisse. Nam et quondam cum apud Xenophōntem lēgisset Cȳrum ultimā valētūdine mandāsse quaedam dē fūnere suō, āspernātus tam lentum mortis genus subitam sibi celeremque optāverat, et prīdiē quam occīderētur, in sermōne nātō super cēnam quisnam esset fīnis vītae commodissimus, repentīnum inopīnātumque praetulerat. Percussōrum autem neque trienniō quisquam amplius supervīxit neque suā morte dēfūnctus est. Damnātī omnēs alius aliō cāsū periērunt, pars naufragiō, pars proeliō; nōnnūllī sēmet eōdem illō pugiōne, quō Caesarem violāverant, interēmērunt.

Quō rārior in rēgibus et prīncipibus virīs moderātiō, hōc laudanda magis est. C. Iūlius Caesar victōriā cīvīlī clēmentissimē ūsus est; cum enim scrīnia dēprehendisset epistulārum ad Pompēium missārum ab iīs, quī vidēbantur aut in dīversīs aut in neutrīs fuisse partibus, legere nōluit, sed combūssit, nē forte in multōs gravius cōnsulendī locum darent. Cicerō hanc laudem eximiam Caesarī tribuit, quod nihil oblivīscī solēret nisi iniūriās. Simultātēs omnēs, occāsiōne oblātā, libēns dēposuit. Ultrō ac prior scrīpsit C. Calvō post fāmōsa ēius adversum sē epigrammata. Valerium Catullum, cūius versiculīs fāmam suam lacerātam nōn īgnōrābat, adhibuit cēnae. C. Memmiī suffrāgātor in petītiōne cōnsulātūs fuit, etsī asperrimās fuisse ēius in sē ōrātiōnēs sciēbat.

Fuisse trāditur excelsā statūrā, ōre paulō plēniōre, nigrīs vegetīsque oculīs, capite calvō; quam calvitiī dēfōrmitātem, quod saepe obtrēctātōrum iocīs obnoxia erat, aegrē ferēbat. Ideō ex omnibus dēcrētīs sibi ā senātū populōque honōribus nōn alium aut recēpit aut ūsūrpāvit libentius quam iūs laureae perpetuō gestandae. Vīnī parcissimum eum fuisse nē inimīcī quidem negāvērunt. Verbum Catōnis est ūnum ex omnibus Caesarem ad ēvertendam rem pūblicam sōbrium accessisse. Armōrum et equitandī perītissimus, labōris ultrā fidem patiēns; in āgmine nōnnumquam equō, saepius pedibus anteībat, capite dētēctō, seu sōl, seu imber erat. Longissimās viās incrēdibilī celeritāte cōnficiēbat, ut persaepe nūntiōs dē sē praevenīret: neque eum morābantur flūmina, quae vel nandō vel innīxus īnflātīs utribus trāiciēbat.

Death of Caesar

GĀIUS IŪLIUS CAESAR

XXVIII
Mārcus Tullius Cicerō
106–43 BCE

Mārcus Tullius Cicerō, equestrī genere, Arpīnī, quod est Volscōrum oppidum, nātus est. Ex ēius avīs ūnus verrūcam in extrēmō nāsō sitam habuit, ciceris grānō similem; inde cōgnōmen Cicerōnis gentī inditum. Suādentibus quibusdam ut id nōmen mūtāret, "Dabō operam" inquit "ut istud cōgnōmen nōbilissimōrum nōminum splendōrem

Cicero

vincat." Cum ā patre Rōmam missus, ubi celeberrimōrum magistrōrum scholīs interesset, eās artēs dīsceret, quibus aetās puerīlis ad hūmānitātem solet īnfōrmārī, tantō successū tantāque cum praeceptōrum tum cēterōrum dīscipulōrum admīrātiōne id fēcit, ut, cum fāma dē Cicerōnis ingeniō et doctrīnā ad aliōs mānāsset, nōn paucī, quī ēius videndī et audiendī grātiā scholās adīrent, repertī esse dīcantur.

Cum nūllā rē magis ad summōs in rē pūblicā honōrēs viam mūnīrī posse intellegeret quam arte dīcendī et ēloquentiā, tōtō animō in ēius studium incubuit, in quō quidem ita versātus est, ut nōn sōlum eōs, quī in Forō et iūdiciīs causās perōrārent, studiōsē sectārētur, sed prīvātim quoque dīligentissimē sē exercēret. Prīmum ēloquentiam et lībertātem adversus Sullānōs ostendit. Nam cum Rōscium quendam, parricīdiī accūsātum, ob Chrȳsogonī, Sullae lībērtī, quī in ēius adversāriīs erat, potentiam nēmō dēfendere audēret, tantā ēloquentiae vī eum dēfendit Cicerō, ut iam tum in arte dīcendī nūllus eī pār esse vidērētur. Ex quō invidiam veritus Athēnās studiōrum grātiā petiit, ubi Antiochum philosophum studiōsē audīvit. Inde ēloquentiae causā Rhodum sē contulit, ubi Molōnem, Graecum rhētorem tum disertissimum, magistrum habuit. Quī cum Cicerōnem dīcentem audīvisset, flēvisse dīcitur, quod per hunc Graecia ēloquentiae laude prīvārētur.

Rōmam reversus quaestor Siciliam habuit. Nūllīus vērō quaestūra aut grātior aut clārior fuit; cum māgna tum esset annōnae difficultās, initiō molestus erat Siculīs, quōs cōgeret frūmenta in urbem mittere; posteā vērō, dīligentiam et iūstitiam et cōmitātem ēius expertī, māiōrēs quaestōrī suō honōrēs quam ūllī umquam praetōrī dētulērunt. Ē Siciliā reversus Rōmam in causīs dīcendīs ita flōruit, ut inter omnēs causārum patrōnōs et esset et habērētur prīnceps.

Cōnsul deinde factus L. Sergiī Catilīnae coniūrātiōnem singulārī virtūte, cōnstantiā, cūrā compressit. Catilīnae proavum, M. Sergium, incrēdibilī fortitūdine fuisse Plīnius refert. Stīpendia is fēcit secundō bellō Pūnicō. Secundō stīpendiō dextram manum perdidit: stīpendiīs duōbus ter et vīciēs vulnerātus est: ob id neutrā manū, neutrō pede satis ūtilis, plūrimīsque posteā stīpendiīs dēbilis mīles erat. Bis ab Hannibale captus, bis vinculōrum ēius profugus, vīgintī mēnsibus nūllō nōn diē in catēnīs aut compedibus cūstōdītus. Sinistrā manū sōlā quater pūgnāvit, duōbus equīs, īnsidente eō, suffossīs. Dextram sibi ferream fēcit eāque religātā proeliātus Cremōnam obsidiōne exēmit, Placentiam tūtātus est, duodēna castra hostium in Galliā cēpit. Cēterī profectō, Plīnius addit, victōrēs hominum fuēre, Sergius vīcit etiam fortūnam.

Singulārem hūius virī glōriam foedē dehonestāvit pronepōtis scelus. Hīc enim reī familiāris, quam profūderat, inopiā multōrumque scelerum cōnscientiā in furōrem āctus et dominandī cupiditāte incēnsus indīgnātusque, quod in petītiōne cōnsulātūs repulsam passus esset, coniūrātiōne factā senātum cōnfodere, cōnsulēs trucīdāre, urbem incendere, dīripere aerārium cōnstituerat. Āctum erat dē pulcherrimō imperiō, nisi illa coniūrātiō in Cicerōnem et Antōnium cōnsulēs incidisset, quōrum alter indūstriā rem patefēcit, alter manū oppressit. Cum Cicerō, habitō senātū, in praesentem reum perōrāsset, Catilīna, incendium suum ruīnā sē restinctūrum esse minitāns, Rōmā profūgit et ad exercitum, quem parāverat, proficīscitur, sīgna inlātūrus urbī. Sed sociī ēius, quī in urbe remānserant, comprehēnsī in carcere necātī sunt. A. Fulvius, vir senātōriī ōrdinis, fīlium, iuvenem et ingeniō et fōrmā inter aequālēs nitentem, prāvō cōnsiliō Catilīnae amīcitiam secūtum inque castra ēius ruentem, ex mediō itinere retrāctum suppliciō mortis adfēcit, praefātus nōn sē Catilīnae illum adversus patriam, sed patriae adversus Catilīnam genuisse.

Neque eō magis ab inceptō Catilīna dēstitit, sed īnfēstīs sīgnīs Rōmam petēns Antōniī exercitū opprimitur. Quam atrōciter dīmicātum sit exitus docuit: nēmō hostium bellō superfuit; quem quisque in pūgnandō cēperat locum, eum āmissā animā tegēbat. Catilīna longē ā suīs inter hostium cadāvera repertus est: pulcherrimā morte, sī prō patriā sīc concidisset! Senātus populusque Rōmānus Cicerōnem patrem patriae appellāvit. Cicerō ipse in ōrātiōne prō Sullā palam praedicat cōnsilium patriae servandae fuisse iniectum sibi ā diīs, cum Catilīna coniūrāsset adversus eam. "Ō diī immortālēs," inquit "vōs profectō incendistis tum animum meum cupiditāte cōnservandae patriae. Vōs āvocāstis mē ā cōgitātiōnibus omnibus cēterīs et convertistis ad salūtem ūnam patriae. Vōs dēnique praetulistis mentī meae clārissimum lūmen in tenebrīs tantīs errōris et īnscientiae. Tribuam enim vōbīs, quae sunt vestra. Nec vērō possum tantum dare ingeniō meō, ut dīspexerim sponte meā in tempestāte illā turbulentissimā reī pūblicae, quid esset optimum factū."

Paucīs post annīs Cicerōnī diem dīxit Clōdius tribūnus plēbis, quod cīvēs Rōmānōs indictā causā necāvisset. Senātus maestus, tamquam in pūblicō lūctū, veste mūtātā prō eō dēprecābātur. Cicerō, cum posset armīs salūtem suam dēfendere, māluit urbe cēdere quam suā causā caedem fierī. Proficīscentem omnēs bonī flentēs prōsecūtī sunt. Dein Clōdius ēdictum prōposuit ut Mārcō Tulliō īgnī et aquā interdīcerētur: illīus domum et vīllās incendit. Sed vīs illa nōn diuturna fuit, mox enim tōtus ferē populus Rōmānus ingentī dēsīderiō Cicerōnis reditum flāgitāre coepit et māximō omnium ōrdinum studiō Cicerō in patriam revocātus est. Nihil per tōtam vītam Cicerōnī itinere, quō in patriam rediit, accidit iūcundius. Obviam eī redeuntī ab ūniversīs itum est: domus ēius pūblicā pecūniā restitūta est.

Gravissimae illā tempestāte inter Caesarem et Pompēium ortae sunt inimīcitiae, ut rēs nisi bellō dīrimī nōn posse vidērētur. Cicerō quidem summō studiō ēnītēbātur ut eōs inter sē reconciliāret et ā bellī cīvīlis calamitātibus dēterrēret, sed cum neutrum ad pācem ineundam permovēre posset, Pompēium secūtus est. Sed victō Pompēiō, ā Caesare victōre veniam ultrō accēpit. Quō interfectō Octāviānum, Caesaris hērēdem, fōvit, Antōnium impūgnāvit effēcitque ut ā senātū hostis iūdicārētur.

Sed Antōnius, initā cum Octāviānō societāte, Cicerōnem iam diū sibi inimīcum prōscrīpsit. Quā rē audītā, Cicerō trānsversīs itineribus in vīllam, quae ā marī proximē aberat, fūgit indeque nāvem cōnscendit, in Macedoniam trānsitūrus. Unde aliquotiēns in altum prōvectum cum modo ventī adversī rettulissent, modo ipse iactātiōnem maris patī nōn posset, taedium tandem eum et fugae et vītae cēpit regressusque ad vīllam "Moriar" inquit "in patriā saepe servātā." Satis cōnstat, adventantibus percussōribus, servōs fortiter fidēliterque parātōs fuisse ad dīmicandum, ipsum dēpōnī lectīcam et quiētōs patī, quod sors inīqua cōgeret, iussisse. Prōminentī ex lectīcā et immōtam cervīcem praebentī caput praecīsum est. Manūs quoque abscissae; caput relātum est ad Antōnium ēiusque iussū cum dextrā manū in rōstrīs positum.

Quamdiū rēs pūblica Rōmāna per eōs gerēbātur, quibus sē ipsa commīserat, in eam cūrās cōgitātiōnēsque ferē omnēs suās cōnferēbat Cicerō et plūs operae pōnēbat in agendō quam in scrībendō. Cum autem dominātū ūnīus C. Iūliī Caesaris omnia tenērentur, nōn sē angōribus dēdidit nec indīgnīs homine doctō voluptātibus. Fugiēns cōnspectum Forī urbisque rūra peragrābat abdēbatque sē, quantum licēbat, et sōlus erat. Nihil agere autem cum animus nōn posset, exīstimāvit honestissimē molestiās posse dēpōnī, sī sē ad philosophiam rettulisset, cuī adulēscēns multum temporis tribuerat, et omne studium cūramque convertit ad scrībendum: atque ut cīvibus etiam ōtiōsus aliquid prōdesse posset, ēlabōrāvit ut doctiōrēs fierent et sapientiōrēs, plūraque brevī tempore, ēversā rē pūblicā, scrīpsit, quam multīs annīs eā stante scrīpserat. Sīc fācundiae et Latīnārum litterārum parēns ēvāsit pāruitque virōrum sapientium praeceptō, quī docent nōn sōlum ex malīs ēligere minima oportēre, sed etiam excerpere ex hīs ipsīs, sī quid īnsit bonī.

Multa exstant facētē ab eō dicta. Cum Lentulum, generum suum, exiguae statūrae hominem, vīdisset longō gladiō accinctum, "Quis" inquit "generum meum ad gladium adligāvit?"—Mātrōna quaedam iūniōrem sē, quam erat, simulāns dictitābat sē trīgintā tantum annōs habēre; cuī Cicerō "Vērum est," inquit "nam hōc vīgintī annōs audiō."—Caesar, alterō cōnsule mortuō diē Decembris ūltimā, Canīnium cōnsulem hōrā septimā in reliquam diēī partem renūntiāverat; quem cum plērīque īrent salūtātum dē mōre, "Fēstīnēmus" inquit Cicerō "priusquam abeat magistrātū." Dē eōdem Canīniō scrīpsit Cicerō: "Fuit mīrificā vigilantiā Canīnius, quī tōtō suō cōnsulātū somnum nōn vīderit."

Lectica

XXIX
Mārcus Iūnius Brūtus
85–42 BCE

M. Brūtus, ex illā gente, quae Rōmā Tarquiniōs ēiēcerat, oriundus, Athēnīs philosophiam, Rhodī eloquentiam didicit. Ēius pater, quī Sullae partibus adversābātur, iussū Pompēī interfectus erat, unde Brūtus cum eō gravēs gesserat simultātēs. Bellō tamen cīvīlī Pompēī causam, quod iūstior vidērētur, secūtus dolōrem suum reī pūblicae ūtilitātī

Brutus

posthabuit. Victō Pompēiō Brūtus ā Caesare servātus est et praetor etiam factus. Posteā vērō, cum Caesar superbiā ēlātus senātum contemnere et rēgnum adfectāre coepisset, populus, praesentī statū haud laetus, vindicem lībērtātis requīrēbat. Subscrīpsēre quīdam L. Brūtī statuae: "Utinam vīverēs!" Item ipsīus Caesaris statuae: "Brūtus, quia rēgēs ēiēcit, prīmus cōnsul factus est; hīc, quia cōnsulēs ēiēcit, postrēmō rēx factus est." Īnscrīptum quoque est M. Brūtī praetōris tribūnālī: "Dormīs, Brūte!"

Cōgnitā populī Rōmānī voluntāte, Brūtus adversus Caesarem cōnspīrāvit. Prīdiē quam Caesar est occīsus, Porcia, Brūtī uxor, Catōnis fīlia, cōnsiliī cōnscia, ēgressō cubiculum Brūtō, cultellum tōnsōrium quasi unguium resecandōrum causā popōscit eōque velut forte ēlāpsō sē vulnerāvit. Clāmōre deinde ancillārum in cubiculum revocātus obiūrgāre eam coepit, quod tōnsōris praeripuisset officium. Cuī sēcrētō Porcia "Nōn est" inquit "hōc temerārium factum meum, sed in tālī statū nostrō meī ergā tē amōris certissimum indicium. Experīrī enim voluī, sī tibi prōpositum ex sententiā parum cessisset, quam aequō animō mē ferrō essem interēmptūra." Quibus verbīs audītīs Brūtus ad caelum manūs et oculōs sustulisse dīcitur et exclāmāvisse: "Utinam dīgnus tālī cōniuge marītus vidērī possem!"

Interfectō Caesare, cum Antōnius vestem ēius sanguinolentam ostentāns populum velutī furōre quōdam adversus coniūrātōs īnflammāsset, Brūtus in Macedoniam concessit ibique apud urbem Philippōs adversus Antōnium et Octāviānum dīmicāvit. Victus aciē, cum in tumulum sē nocte recēpisset, audītā Cassiī morte, nē in hostium manūs venīret, ūnī ex comitibus latus trānsfodiendum praebuit. Antōnius Brūtī corpus lībertō suō sepeliendum trādidit, quōque honōrātius cremārētur, inicī eī suum palūdāmentum iussit, iacentem nōn hostem, sed cīvem dēpositō exīstimāns odiō. Cumque interceptum ā lībertō palūdāmentum comperisset, īrā percitus prōtinus in eum animadvertit, praefātus: "Quid? tū īgnōrāstī cūius tibi virī sepultūram commīsissem?" Nōn eadem fuit Octāviānī ergā Brūtum moderātiō, is enim āvulsum Brūtī caput Rōmam mīsit, ut Gāī Caesaris statuae subicerētur. Porcia cum victum et interēmptum virum suum cōgnōvisset, quia ferrum nōn dabātur, ārdentēs ōre carbōnes hausit, virīlem patris exitum mulier imitāta novō mortis genere.

XXX
Gāius Iūlius Caesar Octāviānus Augustus
63 BCE–14 CE

Octāviānus, Iūliae, Gāī Caesaris sorōris, nepōs, quārtum annum agēns patrem āmīsit. Ab avunculō adoptātus profectum eum in Hispāniās adversus Gnaeī Pompēī līberōs secūtus est. Deinde ab eō Apollōniam missus studiīs vacāvit. Utque prīmum occīsum Caesarem hērēdemque sē comperit, in urbem regressus hērēditātem adiit, nōmen

Young Augustus

Caesaris sūmpsit conlēctōque veterānōrum exercitū opem Decimō Brūtō tulit, quī ab Antōniō Mutinae obsidēbātur. Cum autem urbis aditū prohibērētur, ut Brūtum dē omnibus rēbus certiōrem faceret, prīmō lītterās mīsit plumbeīs lāminīs īnscrīptās, quās ad bracchium religātās ūrīnātōrēs Scultennam amnem trānsnantēs ad Brūtum dēferēbant. Quīn et avibus internūntiīs ūtēbātur. Columbīs enim, quās inclūsās ante famē adfēcerat, epistulās ad collum religābat eāsque ā proximō moenibus locō ēmittēbat. Illae, lūcis cibīque avidae, altissima aedificiōrum petentēs excipiēbantur ā Decimō Brūtō, quī eō modō dē omnibus rēbus certior fīēbat, utique postquam dispositō quibusdam locīs cibō columbās illūc dēvolāre īnstituerat.

Bellum Mutinēnse Octāviānus duōbus proeliīs cōnfēcit, quōrum in alterō nōn ducis modo, sed mīlitis etiam fūnctus est officiō atque in mediā dīmicātiōne, aquiliferō legiōnis suae graviter sauciō, aquilam umerīs subīsse diūque fertur portāsse.

Posteā reconciliātā cum Antōniō grātiāiūnctīsque cum eō cōpiīs, ut Gāī Caesaris necem ulcīscerētur, ad urbem hostīliter accessit mīsitque quī nōmine exercitūs sibi cōnsulātum dēpōscerent. Cunctante senātū centuriō, prīnceps lēgātiōnis, rēiectō sagulō, ostendēns gladiī capulum nōn dubitāvit in Cūriā dīcere: "Hīc faciet, sī vōs nōn fēceritis."

Ita cum Octāviānus vīcēsimō aetātis annō cōnsulātum invāsisset, pācem fēcit cum Antōniō et Lepidō, ita ut triumvirī reī pūblicae cōnstituendae per quīnquennium essent ipse et Lepidus et Antōnius, et ut suōs quisque inimīcōs prōscrīberent. Quae prōscrīptiō Sullānā longē crūdēlior fuit. Exstant autem ex eā multa vel extrēmae impietātis vel mīrae fideī āc cōnstantiae exempla. T. Tōranius, triumvirōrum partēs secūtus, prōscrīptī patris suī, praetōriī et ōrnātī virī, latebrās, aetātem notāsque corporis, quibus āgnōscī posset, centuriōnibus ēdidit, quī eum persecūtī sunt. Alius quīdam cum prōscrīptum sē cōgnōvisset, ad clientem suum cōnfūgit; sed fīlius ēius per ipsa vēstīgia patris mīlitibus ductīs occīdendum eum in cōnspectū suō obiēcit.

Cum C. Plōtius Plancus ā triumvirīs prōscrīptus in regiōne Salernitānā latēret, servī ēius, comprehēnsī multumque āc diū tortī, negābant sē scīre ubi dominus esset. Nōn sustinuit deinde Plancus tam fidēlēs tamque bonī exemplī servōs ulterius cruciārī; sed prōcessit in medium iugulumque gladiīs mīlitum obiēcit. Senātōris cūiusdam servus cum ad dominum prōscrīptum occīdendum mīlitēs advēnisse cōgnōsset, commūtātā cum eō veste, permūtātō etiam ānulō, illum postīcō clam ēmīsit, sē autem in cubiculum ad lectulum recēpit et ut dominum occīdī passus est. "Quantī virī est" addit Seneca, "cum praemia prōditiōnis ingentia ostendantur, praemium fideī mortem concupīscere!"

Octāviānus deinde M. Brūtum, interfectōrem Caesaris, bellō persecūtus id bellum, quamquam invalidus atque aeger, duplicī proeliō trānsēgit; quōrum priōre castrīs exūtus vix fugā ēvāsit. Victor acerbissimē sē gessit: in nōbilissimum quemque captīvum nōn sine verbōrum contumēliā saeviit. Ūnī suppliciter sepultūram precantī respondisse dīcitur iam istam in volucrum fore potestāte. Aliōs, patrem et fīlium, prō vītā rogantēs sortīrī fertur iussisse ut alterutrī concēderētur, ac cum, patre quia sē obtulerat occīsō, fīlius quoque voluntāriā occubuisset nece, spectāsse utrumque morientem. Ōrāre veniam vel excūsāre sē cōnantibus, ūnā vōce occurrēbat moriendum esse. Scrībunt quīdam trecentōs ex dēditīciīs ēlēctōs ad āram dīvō Iūliō exstrūctam Īdibus Mārtiīs hostiārum mōre mactātōs.

Abaliēnātus posteā est ab Antōniō, quod is, repudiātā Octāviā sorōre, Cleopatram, Aegyptī rēgīnam, dūxisset uxōrem: quae quidem mulier cum Antōniō lūxū et dēliciīs certābat. Ūnā sē cēnā centiēs sēstertium absūmptūram aliquandō dīxerat. Cupiēbat dīscere Antōnius, sed fierī posse nōn arbitrābātur. Posterō igitur diē māgnificam aliās cēnam, sed cottīdiānam Antōniō apposuit inrīdentī, quod prōmissō stāre nōn potuisset. At illa īnferrī mēnsam secundam iussit. Ex praeceptō ministrī ūnum tantum vās ante eam posuēre acētī, cūius asperitās vīsque margarītās resolvit. Exspectante igitur Antōniō quidnam esset āctūra, margarītam, quam auribus gerēbat, dētrāxit et acētō liquefactam absorbuit. Victum Antōnium omnēs, quī aderant, prōnūntiāvērunt.

Octāviānus cum Antōniō apud Actium, quī locus est in Ēpīrō, nāvālī proeliō dīmicāvit. Victum et fugientem persecūtus Aegyptum petiit, et Alexandrēam, quō Antōnius cum Cleopatrā cōnfūgerat, obsēdit. Antōnius in ultimā rērum dēspērātiōne, cum habitū rēgis in soliō rēgālī sēdisset, mortem sibi ipse cōnscīvit. Cleopatra, quam Octāviānus, Alexandrēā in potestātem redāctā, māgnō opere cupiēbat vīvam comprehendī triumphōque servārī, aspidem sibi adferendam cūrāvit ēiusque morsū periit. Cleopatrae mortuae commūnem cum Antōniō sepultūram tribuit.

Tandem Octāviānus, hostibus victīs sōlus imperiō potītus, clēmentem sē exhibuit. Omnia deinceps in eō plēna mānsuētūdinis et hūmānitātis. Multīs īgnōvit vel iīs quī saepe graviter eum offenderant. Reversus in Ītaliam triumphāns Rōmam ingressus est. Tum bellīs tōtō orbe compositīs Iānī geminī portās suā manū clausit, quae bis tantum anteā clausae fuerant, prīmum sub Numā rēge, iterum post prīmum Pūnicum bellum. Tunc omnēs praeteritōrum malōrum oblīviō cēpit populusque Rōmānus praesentis ōtiī laetitiā perfruēbātur. Octāviānō māximī honōrēs ā senātū dēlātī sunt. Ipse Augustus cōgnōminātus et in honōrem ēius mēnsis Sextīlis eōdem nōmine appellātus est, quod illō mēnse bellīs cīvīlibus fīnis esset impositus. Patris patriae cōgnōmen ūniversī māximō cōnsēnsū dētulērunt eī. Dēferentibus lacrimāns respondit Augustus hīs verbīs: "Compos factus vōtōrum meōrum, patrēs conscrīptī, quid habeō aliud, quod deōs immortālēs precer, quam ut hunc cōnsēnsum vestrum ad ultimum vītae fīnem mihi perferre liceat!"

Dictātūram māgnā vī offerente populō dēprecātus est. Dominī appellātiōnem semper exhorruit eamque sibi tribuī ēdictō vetuit. Immō dē restituendā rē pūblicā nōn semel cōgitāvit, sed reputāns et sē prīvātum nōn sine perīculō fore, et rem pūblicam plūrium arbitriō commissum īrī, summam retinuit potestātem, id vērō studuit nē quem novī statūs paenitēret. Bene dē iīs etiam, quōs adversāriōs expertus erat, et sentiēbat et loquēbātur. Legentem aliquandō ūnum ē nepōtibus invēnit; cumque puer territus volūmen Cicerōnis, quod manū tenēbat, veste tegeret, Augustus librum cēpit eōque statim redditō, "Hīc vir," inquit "fīlī mī, doctus fuit et patriae amāns."

Pedibus saepe per urbem incēdēbat summāque cōmitāte adeuntēs excipiēbat. Convēnit aliquandō eum veterānus mīles, quī vocātus in iūs perīclitābātur rogāvitque ut sibi adesset. Statim Augustus ūnum ē comitātū suō ēlēgit advocātum, quī lītigātōrem commendāret. Tum veterānus exclāmāvit: "At nōn ego, tē perīclitante bellō Actiacō, vicārium quaesīvī, sed ipse prō tē pūgnāvī," simulque dētēxit cicātrīcēs. Ērubuit Augustus atque ipse vēnit in advocātiōnem.

Cum post Actiacam victōriam Octāviānus Rōmam reverterētur, occurrit eī inter grātulantēs opifex quīdam corvum tenēns, quem īnstituerat haec dīcere: "Avē, Caesar, victor, imperātor!" Mīrātus Caesar officiōsam avem vīgintī mīlibus nummōrum ēmit. Socius opificis, ad quem nihil ex illā līberālitāte pervēnerat, adfīrmāvit Caesarī habēre illum et alium corvum, quem ut adferre cōgerētur rogāvit. Adlātus verba, quae didicerat, expressit: "Avē, Antōnī, victor, imperātor!" Nihil exasperātus Caesar satis dūxit iubēre illum dīvidere dōnātīvum cum contubernālī. Salūtātus similiter ā psittacō emī eum iussit.

Exemplum sūtōrem pauperem sollicitāvit ut corvum īnstitueret ad parem salūtātiōnem. Quī impendiō exhaustus saepe ad avem nōn respondentem dīcere solēbat "Opera et impēnsa periit!" Aliquandō tamen corvus coepit dīcere dictam salūtātiōnem. Hāc audītā, dum trānsit, Augustus respondit: "Satis domī tālium salūtātōrum habeō." Superfuit corvō memoria, ut et illa, quibus dominum querentem solēbat audīre, subtexeret: "Opera et impēnsa periit." Ad quod Caesar rīsit emīque avem iussit, quantī nūllam ante ēmerat.

Solēbat Graeculus quīdam dēscendentī ē palātiō Caesarī honōrificum aliquod epigramma porrigere. Id cum frūstrā saepe fēcisset et tamen rūrsus eum idem factūrum dūxisset Augustus, breve suā manū in chartā exarāvit Graecum epigramma et Graeculō advenientī obviam mīsit. Ille inter legendum laudāre mīrārīque tam vōce quam vultū gestūque. Deinde cum accessisset ad sellam, quā Caesar vehēbātur, dēmissā in pauperem

Augustus

crumēnam manū paucōs dēnāriōs prōtulit, quōs prīncipī daret, dīxitque sē plūs datūrum fuisse, sī plūs habuisset. Secūtō omnium rīsū, dispēnsātōrem Caesar vocāvit et satis grandem pecūniae summam numerārī Graeculō iussit.

Augustus ferē nūllī sē invītantī negābat. Exceptus igitur ā quōdam cēnā satis parcā et paene cottīdiānā, hōc tantum īnsusurrāvit: "Nōn putābam mē tibi esse tam familiārem." Cum aliquandō apud Pōlliōnem quendam cēnāret frēgissetque ūnus ē servīs vās crystallinum, rapī eum ad mortem Pōlliō iussit et obicī mūraenīs quās ingēns piscīna continēbat. Ēvāsit ē manibus puer et ad pedēs Caesaris cōnfūgit, nihil aliud petītūrus quam ut aliter perīret nec ēsca piscium fieret. Mōtus est novō crūdēlitātis genere Caesar et illum quidem mittī, crystallina autem omnia cōram sē frangī iussit complērīque piscīnam.

Augustus in quādam vīllā aegrōtāns noctēs inquiētās agēbat, rumpente somnum ēius crēbrō noctuae cantū. Quā molestiā cum līberārī sē vehementer cupere sīgnificāsset, mīles quīdam, aucupiī perītus, noctuam prehendendam cūrāvit, vīvamque Augustō attulit, spē ingentis praemiī. Cuī cum Augustus mīlle nummōs darī iussisset, ille minus dīgnum praemium exīstimāns dīcere ausus est: "Mālō ut vīvat," et avem dīmīsit. Imperātōrī nec ad īrāscendum causa deerat nec ad ulcīscendum potestās: hanc tamen iniūriam aequō animō tulit Augustus hominemque impūnītum abīre passus est.

Augustus amīcitiās neque facile admīsit et cōnstantissimē retinuit. Imprīmīs familiārem habuit Maecēnātem, equitem Rōmānum; quī eā, quā apud prīncipem valēbat, grātiā ita semper ūsus est, ut prōdesset omnibus, quibus posset, nocēret nēminī. Iūs aliquandō dīcēbat Augustus et multōs capite damnātūrus vidēbātur. Aderat tum Maecēnās, quī per circumstantium turbam perrumpere et ad tribūnal propius accēdere cōnābātur. Quod cum frūstrā tentāsset, haec verba in tabellā scrīpsit: "Surge tandem, carnifex!" eamque tabellam ad

Augustum prōiēcit. Quā lēctā is statim surrēxit neque quisquam est morte multātus.

Habitāvit Augustus in aedibus modicīs, neque laxitāte neque cultū cōnspicuīs, ac per annōs amplius quadrāgintā in eōdem cubiculō hieme et aestāte mānsit. Suppellex quoque ēius vix prīvātae ēlegantiae erat. Rārō veste aliā ūsus est quam cōnfectā ab uxōre, sorōre, fīliā neptibusque. Item tamen Rōmam, quam prō māiestāte imperiī nōn satis ōrnātam invēnerat, adeō excoluit, ut iūre glōriārētur marmoream sē relinquere, quam laterīciam accēpisset.

Fōrmā fuit Augustus eximiā et per omnēs aetātis gradūs venustissimā. Erat tamen omnis lēnōciniī neglegēns et in capite cōmendō tam incūriōsus, ut eō ipsō tempore, quō illud tōnsōribus committeret, aut legeret aliquid aut etiam scrīberet.

Paucīs annīs antequam morerētur, gravissimam in Germāniā accēpit clādem, tribus legiōnibus cum duce Vārō lēgātīsque et auxiliīs omnibus caesīs. Hāc nūntiātā excubiās per urbem indīxit, nē quis tumultus exsisteret, et māgnōs lūdōs Iovī optimō māximō vōvit, sī rēs pūblica in meliōrem statum vertisset. Adeō dēnique cōnsternātum ferunt, ut, per continuōs mēnsēs barbā capillōque submissō, caput interdum foribus inlīderet, vōciferāns: "Quīntilī Vāre, legiōnēs redde!" diemque clādis quotannīs maestum habuerit ac lūgubrem.

Tandem adflīctā valētūdine in Campāniam concessit, ubi, remissō ad ōtium animō, nūllō hilaritātis genere abstinuit. Suprēmō vītae diē petītō speculō capillum sibi cōmī iussit et amīcōs circumstantēs percontātus ecquid iīs vidērētur mīmum vītae commodē trānsēgisse, adiēcit solitam clausulam: "Ēdite strepitum vōsque omnēs cum gaudiō applaudite." Obiit Nōlae sextum et septuāgēsimum annum agēns.